U0500675

谜托邦

MYSTOPIA

华文推理新大陆

推理迷的乌托邦

奇 物 志

眠 眠 青 稞 广 思

皇帝陛下的玉米 —— 著

北京联合出版公司
Beijing United Publishing Co.,Ltd.

目 录

同 "元素" 竞作规则

创作形式：

　　每位作者从给出的 10 个 "元素" 中，挑选 5~6 个作为构建故事的关键要素，进行悬疑推理小说创作。

可选元素：

　　沾有唇印的杯子

　　脖颈上奇怪的文身

　　缺失了一角的金属牌

　　一本被撕掉封面的旧书

　　一片脱落的红色指甲

　　一柄折扇

　　一面镜子

　　一把匕首

　　一把钥匙

　　一块表

消失的视线

眠　眠

眠眠的选择

一把匕首

一柄折扇

一面镜子

一块表

一本被撕掉封面的旧书

一把钥匙

01 坠亡

尸体躺在一座废弃的大楼内。

男尸。脑组织流了一摊，四肢以夸张的角度反方向扭曲着。

手电光柱下，有种难言的诡异。

一眼坠亡。老白心想。

鉴别这种场面，对于他这种身经百战的老刑警来说，比 AI 识图还简单。

是自杀还是意外？存在他杀的可能吗？

老白抬起头，手电光打向高高的天井。顶上有一段从中断裂开的楼梯，两端各剩一小段残存。

不难判断，楼梯的损毁并非刚刚发生。

——掉落的梯级残骸早已不存，只剩底部留下的凹坑，大小不一。

尸体，就在一处凹坑附近。

老白估算了下，断口得有十来层楼高，直直坠下，必死无疑。

回过头来，他又看了眼男尸：年纪不大，户外打扮，还背着个双肩包。

一段画面在他大脑中闪回：

暗夜之中，在不熟悉的废弃建筑里探险，没留意从顶楼通往天台的台阶早就断了，脚下踩空，当场摔死……

"你说死者是你朋友？"

老白望向身后自称付骏的年轻人。

他也是首先发现尸体的报案人。

"嗯，不过也谈不上深交……我俩都是探废圈的，只不过今晚约好一起来。"

付骏不敢看那具尸体，缩在后面，目光冲着脚下。

"……探废圈？"

"哦，就是玩废墟探险，感受时代的痕迹……"

"难怪来这种地方……那你俩咋没一块儿上去？"

"是这样，我临时加班，就跟他说好一个半小时后到……没想到就出事了。"

"看他这身装备，也不像是新手啊。"

"嗯，蔡鑫其实玩这行比我早，算是前辈……"付骏面露惋惜，"对了，他还有个自媒体号，叫'菜心夜探'，专发探废内容。"

"还是个老手，咋就摔死了呢……"老白点了支烟，喃喃自语道。

"没准是……跑太快了？"

老白目光转向他，叹了口气："我说你们年轻人哪，胆子忒大。这种地方是闹着玩儿的吗？探废探废，自个儿倒废了。"

烟雾从他鼻腔喷出来，夜灯下游出一条白龙。

方圆数百米，就只亮了这么一盏灯，映得大楼鬼影幢幢。

这座大楼，准确说是座科研实验楼，曾经也是市理工大的门面。

十几年前，理工大搬走之后，原本接手的地产公司爆雷，重建计划无限期搁置。

原校区拆成了一片荒地，只剩这座建于60年代的实验大楼由于爆破成本不低，还昂然坚挺着。

当然，大楼内部也早已腐朽不堪，遍地断瓦残垣。

通往大楼的小路满是荒草，路的尽头是一扇被剪了个大洞的铁门，门边有个门卫亭。

唯一的光，就是从亭顶上的灯射出来的。

门卫亭里站着两人，胖点儿的是保安李大森。

"妈呀……这地方不在我巡岗范围内啊，这都荒了八百年了！"李大森满脸通红，"而且，这不还有监控吗……"

向他问话的是老白的徒弟纪海隆："你别急。咱也不是让你揽责，就是例行调查。懂吧？"

"行吧，我大概晚上8点多绕过来一趟，这儿还啥事儿都没，也没见着谁进去过。"

"你调监控了没？"

"没，这不刚被你们叫过来，还没来得及嘛。"李大森急得汗都出来了。

"那你现在调一下监控。"

门卫亭的监控镜头，正对着实验大楼正门。

大楼其他的门都被铁链锁死，只有正门可入。

而且，楼内其余楼梯不是残缺就是堵死，电梯也坏了，要上楼也只有正门进入的主楼梯可以上去。

监控画面里，可以看到整个主楼梯。

这意味着，要来此探废的人，只有穿越门卫亭旁铁门的洞，再由正门进入，爬上主楼梯，这唯一的一条通路。

而这条通路，全都在监控的捕捉范围内。

"得亏这监控还能用。"

纪海隆暗自欣喜，他看着画面里，8 点左右，有个人影在铁门边兜了一圈。

这是保安李大森。

直到一个多小时后的 10 点，才有个人踩着辆共享单车过来。

他把车放倒藏进草丛里，然后从铁门的破洞钻了进去。

此人穿着一套灰色的户外服，背着个黑色双肩包，从面容和打扮来看，正是死者蔡鑫。

大约 11 点半，监控里传来"轰"的一声。

像是定音鼓在寂静之夜被人突然敲响。

"这应该就是人掉下来那一下。可惜看不着。"

纪海隆忙回头瞅了眼，老白不知何时站在了他背后。

诚如老白所言，蔡鑫坠落的天井是在主楼梯的另一侧，并不在监控范围内。

"姑且将其视为死亡时间的话，就是 11 点半。"老白掏了支笔记下来，"成，接着看。"

十多分钟后的 11 点 40 分，另一个人跑了过来，按照同样的方法进了楼。

此人穿了件红色的户外服，背了个斜挎包，手里还打着强光电筒。

"这人就是你吧？"老白看了眼身边的付骏。

"对，是我。"

"为啥你是跑着来的？"

"噢，我是开车来的，车停在那儿。"

付骏指向铁门外不远处，果然，荒草丛里停着一台

"比亚迪秦"。

"你们这帮闲人，没事探、探你妈的险啊！"李大森唾沫横飞。

"别骂人，接着看。"

深夜 12 点多，老白带着纪海隆出现在画面中。

他们刚好就在附近执行公务，接到报案，立刻赶赴此地。

这意味着，从李大森巡逻，到警方抵达之间的 4 个小时，只有蔡鑫和付骏来过这里。

显然，这种废墟本就因为人迹罕至，才成为探废圈的宝藏的。

老白盯着自己做的笔记，琢磨起来：

08:00 ：保安李大森巡逻经过

10:00 ：死者蔡鑫进入大楼

11:30 ：传出响声（疑似死亡时间）

11:40 ：付骏进入大楼，目击尸体并报警

12:00 ：警方抵达现场

事故全程脉络很清晰，貌似也不存在什么第三者他杀的可能。

"等等，再往前倒几天。"老白示意李大森。

监控只能本地保存两天，这两天里，除了当晚，只有一个戴安全盔的大个儿当天下午进出过。

大致时间是 5 点进入，6 点离开。逗留了一个小时。

"这是谁？"

"叫老孔，是拆除施工方的负责人，来实地检查的。"李大森回答道。

"啧啧，这大楼终于要拆了。"付骏插了句嘴。

老白没说话，默默记下了老孔的手机号。

这时门卫亭外又过来一个穿蓝制服的姑娘，把口罩一摘："老白，我那头搞差不多了。"

老白冲她笑笑："谭总这手脚就是麻利。都查出了啥？"

"初步鉴定，死因就是高坠，颅骨碎裂，脑组织外溢，胸腹内脏破裂，外加多发性骨折。"说完，法医谭青拧开水壶，喝了一大口。

"是怎么个情况？"

"大概率是意外，一脚踏空。没有外力介入的迹象，也不像自杀。"

"成，先按意外处理吧……"老白从保安亭走出来，"海隆，跟我再去现场走一圈。"

老白今年五十出头，又瘦又高，当年也是市局的风云人物，对犯罪有着敏锐的嗅觉。

师徒俩一前一后走进大楼，细细打量着。

哪怕完全废弃，也能看出这是座仿苏式建筑，框架简洁却不失优美。

从正门进去，是个空空如也的大厅，墙皮早已斑驳，与霉斑一起构成一幅丑陋的巨型抽象画。

大厅正前方是主楼梯，几根钢筋从水泥裂缝扎了出来，像是楼梯裸露的肋骨。

楼梯的左侧，是早已报废的三部电梯，还有一扇侧门，通向一段完全报废的副楼梯。

右侧是个天井，底部就是尸体所在地。

断裂的楼梯，就在天井最顶层的走廊边缘，这里原本应该直通天台。

楼梯的设计是悬空的，下方没有任何楼梯，或其他遮挡物。

老白走近尸体，蹲下查看了一番。

尸体是仰卧着的，朝向一侧的脸已经肿胀得面目全非。

老白用手电照了照，尸体的手指满是老茧，还有些老伤。

"看着确实是个玩户外的。"

电筒光又扫向尸体那颗惨不忍睹的头，老白用手来回拨着检查了下，轻轻叹了口气。

他注意到尸体后脑的头发，看起来有种塌陷感，像是被什么物体按压过。

"师父，有啥不对劲儿吗？"

"没，问题不大……那啥，相机你带了吧？"

"带了。"

老白接过相机，"咔咔"连拍了几张。

闪光灯一闪，黑暗中，似乎什么东西也跟着亮了下。

随着电筒光的晃动，那玩意儿也跟着闪。

老白凑近一看，地面的凹坑里，藏着零星的两三片碎玻璃碴儿。

在这么一片建筑废墟里，它们的存在，本该稀松平常。

但老白却觉得，这尸体周围出奇地干净。那么这几片玻璃碴儿，就显得有些突兀了。

老白掏出个小号物证袋，用镊子把碎玻璃碴儿一片片收了进去，封好口："之前你勘验现场，收集到的物证，都有哪些？"

"都在这儿呢……"纪海隆捧着个中号物证袋，"这是死者裤兜里的手机，都摔烂了，还有个不知啥玩意儿，也烂了……"

老白眼睛一亮。

他仔细端详着那个橙色方盒状的电子设备，虽然裂开了一个大豁口，但正面的矩形开口上，还残留着一些透明玻璃。

翻到盒子背面，还连着一根尼龙绳。

"你认识这是个啥吗？"老白问道。

"真……不认识。师父你也没见过？"

"要是搁三十年前，我肯定门儿清。现在老喽……"

他把目光转向那部手机，已经弯折出一个钝角，屏幕也全碎了，压根儿没法开机。

"让技术科看看能不能恢复数据吧……"老白深吸了一口烟，"他那背包呢？里头还有啥？"

"就这么一根充电线。"

"背那么大个包，就装根充电线？"

老白看了眼，就是根普通的 USB-C 充电线，没啥特别。

"行，咱先出去。"

出来后，老白径直走向付骏："咱们去边上，有事情想再问问你。"

02 裂口

"哦，这叫胸口灯，咱探废圈里很常见，夜跑一族也爱用。"

付骏看了一眼那个破损的橙色电子设备，立马认了出来。

"用时就挂脖子上，或者绑在胸口。喏，光就从这儿出来，贼亮贼亮的。"他手指着那个矩形开口。

"那你咋没用这玩意儿？"老白追问道。

同时他注意到，胸口灯的开关拨在 ON 挡位上——死者坠亡前正开着它。

"哦，我习惯打手电了。而且我不像蔡鑫他们搞自媒体，要腾出手来拍视频啥的。"

老白点了点头，又问："对了，你俩咋没戴个防毒面具啥的？我听说跑废墟都要戴那玩意儿。"

付骏笑了起来："哈哈……白警官，您可能不太了解这个领域。是这样，如果是去废弃化工厂，或者地下矿井啥的，那确实必须戴面罩。但像这种废弃的实验楼，有害的也就是石棉粉末……"

老白看了他一眼，示意他继续说。

"而我们来之前，已经做过了功课，这座建筑用到的石棉材料很少……"

"所以你们探废之前，也会预先做足准备？"

"那当然……会找网上的资料，有时甚至还会搞份建筑图纸来看看。不过这次没搞到就是了……"

"这么说来，你们倒还挺严谨……"老白叼了根烟，靠在一架琴上，"来讲讲，你俩是咋认识的？"

随后，付骏详细交代了两人的关系：

他自称和蔡鑫是一年多之前在网上认识的，因为共同的探废爱好，颇觉得投缘，线下也一道参加了不少次活动。

两人虽然都有本职工作，但都未婚，所以空闲时间大把。

不久前，付骏发现了这座废弃大楼，蔡鑫听说后，也想一睹为快。

于是俩人便相约这个周末晚上同去探险。

不过，由于付骏晚上临时加班，就推迟了一个半小时才来。

第二天，老白花了些工夫，亲自核实了：付骏的几个同事都做证，他昨晚11点的确是在公司加班。

至于蔡鑫那边，也确认了他昨晚确实是计划来探秘的，还在自媒体上公布过消息。

到了晚上，他又叫上徒弟，说是要去现场再看看。

"师父，难道不是意外吗……"副驾驶座上的纪海隆望向窗外的夜景。

点点灯光划过，车在城郊的快速路上疾驰着。

见老白没吭声，纪海隆又开口道："……这都一天过去了，您还在琢磨案子呢？"

"嗯，心里还有点疙瘩。"说完，老白用两根指头弹了弹方向盘。

"呃……会不会那啥，就是付骏把蔡鑫给推下去的？"

"不会。"

"啊？为啥？"

"那声闷响是在付骏来之前。之后再无任何动静，那么大个人摔下来，监控里不可能没有声响。"

"……会不会他用了啥手法，给盖住了？"

"监控拍到了付骏进入大楼，虽说发现尸体这一段确实不在画面中，但只持续了不到五分钟。随后他又退回了正门，并且再也没有从画面消失。五分钟，够杀人吗？"

"如果熟悉环境，外加极限操作的话，五分钟跑个上下来回，也不是不可能吧……"

"关键他退回正门后立马报了警，语速还很平静。谁能 12 层楼跑个来回，顺带杀个人，还说话不带喘的？"

"有道理。"纪海隆点了点头。

"而且今早法医那儿详细鉴定了，死者没受到任何其他外伤。起坠点也查了，证实蔡鑫确实是失足坠亡，没有第三者施加外力的迹象。"

"估计谭姐又忙了一通宵……"

"嗯，她说忙到今早 7 点多，查明了蔡鑫当晚并未醉酒和吸毒。"

纪海隆沉思了一会儿，又开口道："如果……事先准备了易碎物，诱骗蔡鑫踩上去落空……"

老白嘿嘿一笑："这也不可能。现场没有类似残留物，况且，死者鞋底也没这种痕迹。"

"好吧，我放弃了……"纪海隆笑得挺尴尬，"师父，那你纠结的到底是啥？既然这案子毫无疑点……"

老白似笑非笑看着他："谁说的？待会儿你就知道了。"

一刻钟后，汽车开出了快速路，又在路上七转八绕，才终于停在了那座废弃大楼底下。

故地重游。

只不过，这回是从市里开过来，更显出此地之偏僻。

纪海隆心想：这么个鸟不拉屎的地方，亏得这帮人能发现。

跟在师父后面"噌噌噌"爬上了 12 楼，他才意识到之前说的什么极限操作都是扯淡——气都快喘不上来了。

老白也喘得厉害。

但他的目光，始终聚焦在那座断掉的楼梯上。

"你、你现在看到的……就是蔡、蔡鑫昨晚看到的景象。"

纪海隆跟随师父，小心翼翼挪到走廊边。

此刻，老白戴着同型号的胸口灯——2000 流明的强光，照得前方明晃晃一片。

宛如白昼。

那座断裂的楼梯就在纪海隆眼前：两端仅存的不到 30 厘米，而中间断裂缺失的部分，足足有四五米宽。

"好家伙！原来这豁口这么大。在底下看不出来，跑到跟前才……"

纪海隆突然若有所思起来。

老白微微笑道："现在明白了吧？一个探废老手，怎么会冒失到在这儿踏空？"

"会不会……他的胸口灯没电了？"

"我觉得不可能。"

纪海隆刚要接话，忽然忍不住"唉"了一声。

突然熄灭的灯光，让眼前瞬间变为黑暗的悬崖。他不自觉小退了半步。

一片漆黑中，传来老白的声音：

"你看，人在黑暗中，本能就是变得谨小慎微……哪怕突然断电，也会有所反应。而根据谭青的勘验，死者坠落前是迈着大步，并未有任何步态的改变。"

"您的意思是说，他对这么大一豁口视而不见，就这么直直过去了？"

"没错。"老白重新打开了胸口灯。

四五米宽的裂口，哪怕架上了木板之类，也必定会小心地走过去。

纪海隆想，只有一种可能，就是蔡鑫当时压根儿没注意到这里已经断了，当成了正常的楼梯，才会从容地跨步上去。

但这么一个户外老手，又怎么会犯这样的错误？

"想不明白，是吧？"见徒弟一脸沉思，老白拍了拍他肩头。

"确实……"

"没事，先放放。今晚还有别的事情要做。"

"啊……"纪海隆回过神。

"咱先下楼，边下去边说。"老白指着长廊另一侧的主楼梯。

那是通往 11 楼和其他楼层的通路。虽然也有多处残缺，但至少没有从中断开的，稍微小心点，正常上下没啥问题。

"昨晚我打着个亮度差不多的电筒，到这儿一看，我就琢磨，他咋会掉下去的……"老白的话音夹杂着楼道的回声。

纪海隆知道师父说的"昨晚"，其实就是"一整个通宵"。

"我突然想，这小子不搞自媒体的吗？会不会尽顾着在那儿拍手机视频了，没看清路？"

"对哦……"纪海隆眼前一亮。

"但我立刻想到这不可能……"老白停下脚步，"手机是在他裤兜里发现的，人都摔下去了，哪可能再塞回兜里？"

"要是能看到手机里的视频或照片，就知道了。"

"我也盼着这个呢。不过，技术科那边说还要花些时间。目前只是把聊天记录恢复出来了。"

"有什么疑点吗?"

"看不出来,都是再寻常不过的交流。单看聊天记录,他确实是和付骏约好了去探废。两人当晚还打了几通电话,都在蔡鑫抵达之前。"

"一切正常?"

"嗯。至少手机里的东西,都挑不出问题,正常得不得了。"

纪海隆知道,他这个师父就爱卖关子。

"您越是这么讲,越说明有什么。"

"哈哈,"老白乐了,"手机恢复后,我就来来回回翻,翻了个底朝天。最后呢,被一个 App 吸引到了。"

"哪个 App?"

"叫'勾勾'。"

"勾勾?那不就是年轻人约……约那啥的嘛……师父您还知道这个?"

"我知道这玩意儿,也是前阵子开会说这 App 是流氓软件,在待整改名单上。"

"噢……"纪海隆这才敢直视老白,"里头有啥不对劲的吗？"

"倒也没有……"老白接着往下走，"不过呢，为啥说它流氓？因为它会偷偷调用麦克风录音。"

"好家伙……这下歪打正着了。"

"今天下午，我就联系上勾勾他们家负责人，让人家将功赎罪，你猜怎么着？还真搞到了当晚的实时录音，发过来存我手机里了。"

"我去！师父太厉害了！这不就相当于死者的遗言……"纪海隆一脚踩空，差点摔一跤。

"先别激动。说是录音，其实并不像你想的那样……那啥，你没事吧？"

纪海隆揉了揉脚踝："没事，您接着说。"

"这 App 鸡贼得很，你开启它之后，哪怕放后台，也会时不时录一小段儿，所以整个录音都是断断续续的状态，间隔不定。"

纪海隆没接话，全神贯注听着。

"由于勾勾那边后台只能保存一小时的录音。所以差不多是十点半开始，直到他坠亡前。我们可以边放录音，边现场还原他当晚的行动。"

老白说完，从楼梯上下来，走入一扇破败不堪的门。

门边，有个锈成赭红色的楼层指示牌：8F。

03 解谜

"……终于到八楼了，真他妈累人啊……"

老白开着外放的手机，传出了蔡鑫最初的一句录音。

宛如幽灵在低语。

"他这是和谁说话呢？"纪海隆发问。

"别急，先继续听。"

录音是实时的，过了大约半分钟，才又冒出来一句：

"这回又是啥……呃……一把匕首？一把满是铁锈的匕首？"

听到匕首两个字，老白心里也咯噔一下。

这些录音，他之前在局里就大致听过一遍，当时听着宛如梦呓。

完全是云里雾里。

所以他想，或许只有到了现场，配合死者当时的视角，才能理解究竟说的是些啥。正因此，他才会特意带上徒弟，二度来到这个阴森的废墟。

"匕首……这玩意儿太小了吧？上哪儿找去……得一间一间搜不成？"

纪海隆心想：莫非他是来这废墟里，搜寻什么东西？

借着手电的光，他四下打量着：大楼遗址的 8 层结构也很简单，从主楼梯的门出来，左右都是一个个房间，有些是曾经的实验室，有些是办公室。

只不过，里面的实验台和设备大都搬空了，除了腐朽的基座，就只剩一些老旧的桌椅柜子，被虫蛀得千疮百孔。

所有房门都已不复存在，窗户也没一扇是完整的，初秋的夜风从破口吹进来，居然还有些寒冷。

"成吧……我现在往左走先……这楼上面还真冷……"

"不管咋样，咱也跟着他，先一间一间进去看看再说。"老白指了指走廊的尽头。

俩人走入了左首第一个房间。

门楣上的牌子已经断了半边，只剩三个褪色的文字：消洗纯。

"之前应该是个消洗纯水制备室，进去看看。"

纪海隆想：师父居然连这都知道。

老白正翻着那些破柜子，手机里又传来了录音：

"……我都摸了一圈了……能不能给点提示啥的……"

第二次听见这句话，老白依旧愣了一会儿。

"给点提示？啥意思？"纪海隆也一脸纳闷。

之前他以为，蔡鑫是来搜寻某把遗弃在这儿的废旧匕首，但这句话听完，感觉就不对了。

听起来，蔡鑫像是考生，而对方是个考官。

只不过，并不能听见对方的声音，可能是通过耳机传达过来的。

"我觉得，有点儿像你们年轻人爱玩的……什么密室逃脱之类？"

"确实有点儿像。"

纪海隆也觉得，匕首这种东西，没啥可能出现在废弃实验室，更像是玩乐时的道具。

说起来，他也玩过几次，只不过觉得太小儿科了，不过瘾。

此刻真实的破案，才让他每根寒毛都倒竖着。

"……嗐，这都摸完第三个房间了……啥匕首影子都没见着……"

"他已经到第三个房间了，咱们也跟上！"老白迈开大步。

这个四十来坪的房间更加破败，连门牌都被人拆了，看不出原本有什么设施。

老白想，这里头空空荡荡的，就算是小小的匕首，找起来应该也不难啊。

他刚要细想，录音又响了：

"……匕首的功能？噢……原来如此……我、我大概明白了……有意思……"

这句话，又让人一头雾水。

老白甚至心里埋怨起了勾勾：真恶心人，要窃听就把功能做完整啊，这半半拉拉的算个啥？

好在这次下一句没让他等太久。

"……对了吧……匕首嘛……割东西的……那肯定是对应解剖室喽……"

"去找解剖室!"

纪海隆已经先一步出门,不一会儿便在走廊中部找到了那间"动物解剖室"。

这房子里,也全都搬运一空:只剩几张工作台和靠墙的一排器材柜。

俩人打着手电转了一圈,没发现什么匕首的踪迹。

"……在这儿呢!好了,匕首找到了……还真的是锈得不成样儿了……我来看看有啥名堂……"

看起来,蔡鑫确实在这间解剖室里发现了匕首。

而且,匕首上可能还有什么值得细看的东西。

老白现在越发相信,这是一场解谜游戏。至于什么生锈的匕首,也纯粹是个道具。

毕竟,就算是解剖,也没有拿匕首当工具的。

"……这匕首锈归锈……刀柄上还刻着小字呢……还真精细啊……写的啥……一柄折扇?那就是九楼的……"

听到这里，纪海隆一拍手："懂了，找到一个道具，解锁下一个道具线索，再去破解找到它。"

"看着是这样。现在是八层，如果一层一个道具的话，到顶楼十二层，至少还有四个……"

"所以……这些道具是被蔡鑫拿走了吗？"

老白沉默了一会儿，才缓缓说道："实话说，我也在琢磨这个……"

方才的房间，俩人已经细细找过，那把生锈的匕首显然是没留下。

如果是带在身上，那么最后一定放在了哪里。

会是哪里呢？

"……这些柜子里都没。"纪海隆翻遍了每个破烂的柜子。

"看来这边找不到，先上九楼再说吧。"

"……折扇……折扇……总不能是对应通风管道啥的吧……"

蔡鑫的声音，在楼道内回荡着。

从楼层分布来看，九层也大都是生物系的实验室。

墙上的楼层导航图烂掉了半边，还依稀能分辨出一些文字：小型仪器室、药品室、留样室……

"……哈哈哈……我他妈真是天才……果然是低温室……"

"低温室？哪一间才是？"

老白加快脚步，把这一层的每个房间都看了一遍，没有任何门牌写着"低温室"。

可以确定的是，低温室的门牌标志已经消失不见了。

纪海隆很是好奇："他是怎么找到的？莫非对这里很熟？"

"有可能。按付骏的说法，他们探废之前会事先做功课。"

"不知道低温室有什么特征……"

"我也不清楚，"老白加快了步伐，"反正就三间屋子没标志，那就依次看一遍吧。"

俩人正要挪步，录音又响了。

"……折扇也找到了……我来打开看看……啪……"

手机里传来一声清脆的声音。

老白倒回去，反复听了好几遍。

他觉着，这"啪"的一声，似乎并不像是折扇打开的响声。

"师父，怎么了？"

"没事。咱们速度上已经落后他了，我先暂停会儿。"说完，老白在手机上中止了录音。

由于无法确认究竟哪一间是低温室，俩人踏遍了九层的每个房间，完全没发现什么折扇。

老白只好重新开启了录音：

"……扇面上写的这是啥……镜、镜子？"

下一层楼的道具是镜子。

很容易联想到，谜底可能是卫生间。

然而上到 10 层之后，老白很失望——这一层压根儿就没有卫生间。

录音也同步传达了这一点：

"……搞什么鬼？这楼居然没有洗手间？啊……不对……是我错了……我犯二了……"

他错了？哪里错了？连老白也完全蒙了。

不过，他注意到 10 层不再属于生物系，而是物理系，便下意识说了句：

"……有没有可能是跟光学有关的？"

"师父，这间就是光学成像实验室！"

老白忙跟着纪海隆走了进去，里面还是一如既往地空旷——甚至连实验台都搬空了，完全就是个毛坯的空壳子。

纪海隆一脚踢开几块碎石，仔细盯着地板，搜索有没有碎成碴儿的镜子残片。

确认一无所获后，他瞟了一眼师父，老白直愣愣地盯着墙，不知在发什么呆。

此时，录音又传出声来：

"……找到光学成像实验室了……我勒个去……这么大一面镜子呢……半面墙都是……"

这下，纪海隆也呆住了。

显而易见的是，这间实验室里，压根儿没有什么镜子。

更没有大到占据了半面墙的镜子。

这么大的镜子，哪怕被打破了，也不难找到碎片。然而肉眼可见，这里并未存有这些碎片。

那么，这面镜子消失在哪儿了呢？

老白也想不明白，不过，他确认了一件事：那些道具都是不用带走的。

之前他就一直怀疑这点。那些匕首、折扇虽然小，但蔡鑫随身只有一个背包，包里不但没有这些，也没有装过这些东西的痕迹。

——技术科已经事先检查过，包里根本没有什么铁锈之类。

而这么大一面镜子，被一个人独自搬走的可能性更加为零。

既然不用带走，那么就应该存在于废墟中，又是被什么人藏起来了呢？

根据监控，整个大楼案发时，只有蔡鑫和付骏进去过。理论上，也就他俩有可能藏起这些道具。

但是付骏消失在监控的时间只有五分钟，想完成这些，根本不可能。

唯一的可能性，就是蔡鑫自己。

那么，他把道具藏到哪儿了？又是用什么手法做到的？

04 遗言

老白完全没有头绪，只能继续播放录音：

"……一块表？这……这范围也太广了吧……不管了先上楼……"

"蔡鑫的气息很平静，不像是搬过重物。"纪海隆分析道。

老白点点头，示意还是先上楼再说。

11 楼，依然是物理系的地盘。

这层的导航图保存得还算完整，逐一列出了电学、热学、声学等相关实验室的所在。

"……表呢表呢？是不是在这……这是个啥玩意儿啊……跟个大夹子似的……"

"大夹子？"老白摸了摸下巴。

他还没来得及细想，录音又响起来了：

"……还真的在这夹子底下……嚯！还是块老怀表……我打开看看……啪……"

又是那个响声……

老白又反复听了好几遍，皱着眉头说："听着怎么像是打响指？"

"您这么一说，我也觉着确实很像。"

"或许是他的习惯？兴奋了就打下响指？"老白按下了暂停，"这回他找得很快，我们又被落下了。"

这种和魂灵竞赛的感觉，连这位老刑警也觉得莫名地神奇。

纪海隆摆动着手电："是啊……这回咱们连他进了哪个实验室都不清楚。不过，他刚好像提到什么'大夹子'？"

"嗯。我也听到了……"

"要不，我一间一间搜，看哪个屋里有长得像大夹子的玩意儿。"

"不必了，"老白手指着走廊尽头，"应该就是那间。"

那个房间的门牌上写着：振动力学实验室。

果然，纪海隆刚进门，就望见墙角有个倒三角形的金属装置，确实很像个大夹子。

"这玩意儿是用来固定振动台的，一般会封死在水泥里，搬不走。所以我看到这名字，就猜是在这间……而且，机械表也和振动力学沾点边儿。"

"师父果然啥都知道。"

"……可别恭维我啦，现在都忘差不多了。"

俩人四下搜索了一番，不出所料，连怀表的影子都没见着。

"没辙，继续听吧。"

"……表会告诉我答案？又是什么鬼提示……这怀表上也没刻字啊……"

没过多久，录音又来了：

"不行不行……太他妈重了……我得先歇会儿……"

"太重了？什么东西太重了？"纪海隆一脸疑惑。

"反正，肯定不是怀表。"

"会不会是之前的镜子？"

"如果硬要说的话，或许，也只能是这个吧……"老白也眉头紧锁着。

这一回，新的录音没有人说话，只有"噔噔噔"爬楼的声音。

又过了一分钟，才响起蔡鑫的声音：

"……早说啊……指针的时间就是房间号……零点一刻……那就是……1215？"

12 楼，最后一层了。

死神距离蔡鑫，也越来越近了。

然而，老白师徒依然困在一团迷雾之中，解谜的幽魂，像是给他俩设下了一个更大的谜题。

整个 12 层都是办公区。

老白猜想，或许因为办公室长得都差不多，所以谜题的形式才变成了猜房间号。

他还注意到，1215 房间在走廊的左侧，而通向天台的断梯在最右侧。

1215 房间是个典型的办公室，面积比楼下的实验室要小不少，内里也是一幅家徒四壁的光景——除了满地的碎砖石，只剩几张倒在地上的凳子。

深夜的风穿透破烂的木质窗户，宛如鬼号。

"……时间不多了……这什么被撕掉封面的旧书在哪儿啊……"

老白看了眼录音时间，已经过去了 1 小时 25 分。

……还剩最后的 5 分钟吗？

想到这里，他的心也一下揪了起来。

纪海隆还在到处搜寻那本旧书，他心里也清楚，这基本属于无用功了。

"……居然塞在门缝里……真会玩……所以下个提示在书里了呗……啪……"

"又是打响指的声音。"

纪海隆也情不自禁打了个响指，声音几乎一模一样。

不过比起这个，老白更在意的是，这房间根本没有一扇能被称之为门的东西，又哪里来的门缝？

他再次暂停了录音，让自己沉浸在头脑风暴里。

忽然，一个念头猛地跳了出来。

——这一切，会不会都只是蔡鑫的臆想？

"海隆，你今天调了蔡鑫的档案，对吧？"老白连声音都变了，"他有没有什么精神科相关的就诊记录？"

"这……好像没有啊……"

"没有？你确定？"

"对，我特地调了他全部的就诊记录，没有看到这方面的，除非……没有留下记录。"

"有没有吸毒史，或者用药过量什么的？"

"也没有……"

"见了鬼了。"

老白掏出烟盒，抖出一支，缓缓叼在嘴里。

直到目前所见证的，死者的精神出了问题，是最合理的解释。

如果不是这样，还有何种可能呢？

"不管了，先听完全部录音再说吧！"老白深深吸了一口。

"……我明明已经集齐所有道具了啊……啥？还有最后的钥匙在天台上？搞什么？要来不及了……噔

噔噔……"

最后响起的，是迈步疾跑的声音。

随后，录音自动结束。

"这算不算……蔡鑫最后的遗言？"

老白一句话都没说，闷头走向走廊尽头的断口。

急于完成任务的蔡鑫，当时就是这么一路冲过去，随后才意外坠亡的。

但即便这样，老白依然确信，正常人再急再冒失，也不可能看不见这么大的断口。

所以，一定有其他原因。

"师父，我感觉这里面肯定有什么鬼名堂，疑点太多了。"

"来讲讲，你觉得有哪些可疑之处？"老白手里的烟蒂在黑暗中忽明忽暗。

见师父似乎在考验自己，纪海隆忙掏出笔记本：

"第一个，蔡鑫怎么会摔下去的，这是最大的疑点。第二个，他找到的那些道具，去了哪里？第三个，他的录音，是纯粹自言自语，还是在和谁交流……"

"总结还挺到位，"老白笑了笑，抽完最后一口，"现在几点来着？ 11点，还行，我打个电话。"

手机那头口音很重："哪位？ 这么晚还打来……"

"你好，可是孔经理？"

"是我，有何贵干？"

"我是市刑警队的白烨，有点事想跟你打听下。"

对方的语气顿时变了："警察同志啊，您说。"

"我听说你昨晚5点到6点间，来了趟理工大废弃的实验大楼？"

"……噢，是啊。这不是要拆除吗，得先检查啊……"

老白打断他的话："你在楼里有没见过一些东西，比如生锈的匕首、怀表、折扇？"

"这都啥跟啥啊……没见着啊。真要说，我也没细翻……"

"听好。大楼10层，有没有一面很大的镜子？"

"大、大镜子？ 不可能。楼内大点儿的玻璃我们都早拆了，怕爆破有风险。"

"好，暂时了解这些就够了。"

挂断电话后，老白搓了搓手："咱们撤吧。"

"啊？有些房间还没去呢……万一道具藏在哪儿……"

"没必要了。意义不大。"老白已经开始往楼下走。

纪海隆猜测，师父应该已经有主意了，便跟着一道下了楼。

到了底下，老白拉开车门："先开车送你回宿舍吧。我那头还有点事儿要处理。"

一路上，师徒俩话没超过三句。

纪海隆明白，这时候，老白满脑子都在全速运转，整理一块块拼图，发掘真相。自己也就没必要多插嘴了。

车里，回响着 X 乐队专辑 *Vanishing Vision* 里的一首首老歌。

边听着歌，边思考问题。这也是师父的习惯。

回到技术科时，已是凌晨时分，刚好那边图片和视频已经复原出来了。

老白全部看了一遍，并没有出乎他的预料，都是很普通的废墟记录，没啥值得留意的。

从技术科出来，他又去了信息科，和加班的两个年轻警官聊了会儿天，从他们嘴里打听到某些前沿科技的情况。

之后，老白又细细查了一遍涉案人员的档案。

当看到某人的工作简历时，他紧绷了一整晚的脸上，终于露出了难得的笑容：

"有意思……"

05 破局

几天后，奋驰软件公司二楼的某个工位上，一个男人正在埋头写着代码。

领导不在，旁边的同事趁机摸鱼吹水："付哥，今天要是老郭再让咱加班咋办？"

"能咋办？把那几个狗日的产品浸猪笼呗。"

"狠，还是你狠。"

没聊几句，老郭已经回来了，一脸怒气："你们几个又搁那儿偷什么懒？又想加班？付骏，你出来一下！"

付骏一脸不情愿地推动转椅:"又咋了?"

"让你出来就出来!"

付骏跟着老郭走到对面的会议室,刚坐下,就脸色骤变。

坐在那张会议桌对面的,是两个警察:老的又高又瘦,胡子拉碴;年轻的矮壮敦实,眉毛极浓。

"……白,白警官,你咋来我单位了?"

"蔡鑫摔死之前,一直在和你聊天吧?"老白没有一句废话,直接切入主题。

"没……没有啊。我那会儿加班呢……"

"别装了。那些什么匕首、怀表、镜子,都是你让蔡鑫去找的吧?"

"啊?这都什么乌七八糟的……"

虽然极力掩饰,但付骏的微表情明明白白写着:"你怎么知道的?"

然而,这神态只是一闪而过,他迅速调整过来:

"白警官,你说话可要讲证据。我根本就不知道你说的什么匕首、怀表之类,也从来没见过。"

老白盯着他，笑了。

付骏气势更盛："如果你有证据，请你拿出来。否则我现在就拍下来，曝光你。"

纪海隆刚要发作，老白忙按住他："你小子之所以态度这么刚，是因为你知道这些道具，我永远都不可能拿出来。我说得没错吧？"

"……白警官，我只希望你别污我清白。"

老白从包里掏出一个白色的装置，放在会议桌上。

"这个东西，想必你认识吧。"

那是一台电子设备，简而言之，外形是个头盔加眼镜的组合。

"你为什么会知道这个……"付骏的额头已经出汗了。

"我了解到，这台装置叫作 Vision，是柠檬公司即将发布的头戴式显示设备，可以同时实现 VR 和 AR。"

"这……"付骏已经说不出话，只有瞠目结舌的份儿。

"我还了解到，你们奋驰软件，正是柠檬 Vision 项目的程序外包方之一。所以那天晚上，蔡鑫是戴着一台 Vision 去了那栋废弃大楼，而 Vision 里面，就是你写的程序，那些匕首、怀表啥的都是虚拟的。对吧？"

"我，我没写过啊……"

老白自顾自说着："所以，那天蔡鑫只是在一个真实场景里，玩一个解谜加寻物的游戏，一层一层搜寻那些虚拟的物品罢了。这些物品虽然模样真实，但交互应该还不完善，所以只能靠打响指作为手势，来进行互动……"

听到这里，纪海隆也用力点了点头。

"之所以要让他一层一层去努力完成这个复杂的游戏，就是为了让他形成强烈的沉浸感，对虚拟的事物产生真假莫辨的感觉。所以你还特意制作了房门这些，来增加拟真度……"

老白的语气突然凌厉起来："而这些铺垫的最终目的，就是为了让蔡鑫误以为那座断掉的楼梯是完好的，所以毫无防备地踩了上去！"

"这可真是黑科技版的障眼法啊。"纪海隆忍不住揶揄了一句。

老白边把玩着桌上的 Vision，边继续说道："显然，蔡鑫当时戴着的，并不是我手里的这台。随着他摔落楼底，那台 Vision 想必也遭受了重创。不过我还听说，这款产品考虑到户外使用，所以设计得特别坚固。你可能也知道这一点，它就算从十几层摔落，也不至于摔得稀烂……"

付骏还在负隅顽抗："别扯淡了，白警官……"

"这很重要。再加上运气不错，蔡鑫仰卧着地，机器没有直接撞上，所以你只花了不到五分钟，就清理完了现场，把 Vision 的残骸塞进了你的包里。花的时间越少，你的嫌疑就越小嘛。毕竟大家都会想，就五分钟，能干啥事啊？可惜，你打扫得不彻底，现场还是留了几块微小的玻璃碴儿。"

说完，老白亮了亮物证袋。

"嗹……几块碎玻璃，还能定罪不成？"

"别小看咱搞刑侦的。起初我还以为，这些碎碴儿是那个胸口灯上的，但技术科一检验，这种玻璃材质显然硬得多，也高级得多。恐怕也只有这种材质，才能做到不摔碎一地，让你难以收场。"

纪海隆用指节大力敲了敲头盔玻璃："果然很硬啊！"

"无论如何，现场消失的 Vision，给办案制造了最大的困扰。毕竟这种手法简直闻所未闻，搞得我也翻了车，错判成了意外坠亡……不过，你的一句话，让我对你产生了强烈的怀疑。"

"……是什么？"付骏张大了嘴。

"你说他失足是因为'跑太快了'。我后来细细一想，任何人但凡抬头看过一眼，都知道那种地方谁也不敢乱跑。唯一的解释就是，你很了解蔡鑫当时的行动，而且你清楚他看不到那个断口。"

"这都能被你揪住……"

"上到顶楼一看，更加深了我的判断。那么，会不会是用某种手法，让蔡鑫产生了幻觉？我就想到，他后脑头发有被压塌的痕迹，莫非是戴了某种面罩？"

"……头，头发？"付骏似乎在后悔自己忘了处理这一块。

"是的。我试了下这 Vision，压着还挺沉的。难怪蔡鑫中途说了句，太重了他要歇会儿，想必戴着这玩意

49

儿爬上爬下，累坏了吧。"

老白接着说："回头我一查你俩的简历，好家伙，一个在柠檬当产品经理，负责项目就是 Vision；一个在软件企业当码农，还恰好负责柠檬 Vision 的程序外包……那啥，这 Vision 的显示效果确实逼真，啧啧，到底是大厂出品。"

纪海隆也笑了，他也体验过这东西有多真实，能在公安局里变出一头猛犸象。

"……而且还有一点，"老白盯着付骏，打算击溃他最后的防线，"蔡鑫当天一直在和人说话，但并不是用的手机，随身也没有耳麦，那么，想必就是 Vision 自带的语音通信功能吧。在远程默默掌控全局的，就是你吧。"

这时，一直没开口的老郭说话了："这不就是咱们刚刚开发的功能吗？甚至这头打字，那头都能转换成语音输出，难怪你那天加班一直在那儿疯狂打字，我还以为你划水聊天……"

付骏瞪了他一眼："滚犊子。爷干活用心着呢。"

"郭经理，我想问下，这 Vision 如果硬件损坏了，里面的程序，包括聊天记录还能弄出来吗？"

"得看损坏程度了……不过，咱这边后台都会有备份的，就算删了，回滚下数据还是能找回来的。"

老白转向付骏："现在，你确定……还要负隅顽抗吗？"

付骏咬着牙："……成吧，我招了。你肯定想问我为啥要杀他吧。"

"不急。还有一个问题想问问。你是怎么精确操纵他在最后赶时间跑着过去的？我想，就算虚拟再真实，如果当时他不着急，仔细点，还是能分辨出那是假楼梯吧。"

"这又不难。他是 Vision 的产品经理，当然知道这玩意儿的电量也就够撑 90 来分钟。"

"这个角度我倒是没想到……"

"所以这游戏时限也设置为 90 分钟。不过，我会根据他的进度，选择性给他提示。只要让他卡在最后的时间点找齐道具就行了。他是个完美主义者，肯定要追求通关的，哪怕只是个 demo（产品演示）。"

"你这么了解他？你俩到底多大仇？"

"这就说来话长了……"付骏苦笑了下，"……之前我骗你了，我俩根本不是探废圈认识的。"

接下来，付骏讲述了他和蔡鑫之间的恩怨。

原来，俩人最早同在一家小型软件公司上班，付骏是程序员，蔡鑫是产品经理。从那会儿起，付骏便对蔡鑫颇有怨言。

"姓蔡的只要动动嘴皮，我们就得通宵加班。他倒好，还能出去度假……"

后来某天，蔡鑫突然离职，去了柠檬这种头部大厂，年薪暴涨，这让付骏极为眼红。过了很久他才打听到，蔡鑫之所以会被录用，主要就是靠一个 AR 项目。

付骏觉得，自己才是这个项目的开发主力，却被蔡鑫摘了桃子。

"那也不一定，没准人家当时就缺个产品岗，不缺开发岗呢？"听到这里，老郭忍不住插了句嘴。

"没你的事，一边去。你跟他就一路货。"

不过，这些还不是关键原因。

后来，付骏无意接触了探废，并立刻迷上了。这时他才惊讶地发现，蔡鑫居然早就混这个圈子了……

回想起来，付骏当场破防："原来那时候我们苦逼深夜加班，这个鸟人就出去探废，真他妈爽啊。"

那会儿刚好蔡鑫打算做个探废相关的自媒体，缺个合作者，就找到了付骏。付骏呢，一直想赚点外快，苦于自己没有门路，便答应了。

没想到，这回蔡鑫又把付骏当牛马用，出去拍视频，剪辑，后期，各种脏活累活都交给他，自己只负责出镜。

"而且，说是公平合作，结果这鸟人不但拥有账号的全部所有权，银行卡也绑的他自己的……"

最关键的是，付骏后来才发现，自己辛辛苦苦做好，可拿到的那点分红，只是这个号收入的零头……

"发现这情况我就炸了，恨不得一刀攮死他……"说这话时，付骏的脸都在抽搐，"刚好，一个天赐的机会来了……"

正巧蔡鑫负责的柠檬 Vision 项目，找到了付骏目前所在的奋驰软件公司做外包。

听说对方需要一个可以实地游玩的场景游戏，最好结合探废，作为 Vision 首发应用，付骏很快就想到了利用虚拟现实来害死蔡鑫的点子：

付骏做一个 demo 版本，由蔡鑫亲自去测试，再设计让他死于事故，摔死电死毒死都可以。

而且，这个 demo 就是俩人私下搞的，还签了保密协议，只要最后从死亡现场清理掉 Vision 的痕迹，再在后台删除程序和对话，那就只有天知地知。

探废经验丰富的付骏，很快就找到了合适的地点，并策划了一切。

这场赛博朋克式的谋杀，也几乎完美地实现了。

但他最终还是没想到，碰上心细如发的老白，加上不错的运气，误打误撞解开了一切。

开车回市局的路上，见老白还在沉思，纪海隆忍不住问："案子都破了，师父你怎么还在琢磨？"

"噢，我想的不是案子，"老白笑了，"我在想，这个 Vision 能不能开发出一些跟咱刑侦相关的专业应用，或者搞个模拟演练啥的……"

"哈哈，想想还挺有意思，"纪海隆望向老白，"师父，其实我觉着你这人……"

"嗯？我咋了？"

"感觉你不像我印象里那种古板的老刑侦，你潮得很。"

老白乐了，笑着伸出两根手指，敲了敲方向盘：

"因为你师父，从来就是一个与众不同的警察。"

作者简介

　　眠眠，新锐作家，科普博主，原国家电网工程师，《男人装》专栏作者，曾在北美生活十年，足迹遍布数十个国家和地区。著有暗黑系科普作品《人类学＋：科学的Ｂ面》（获"《作家文摘》2018年度十大非虚构好书"奖，港台版名《怪咖人类学》）、励志作品《你有多凶猛，世界就有多软弱》、历史类科普作品《破产的文明》。

一只水晶鞋

皇帝陛下的玉米

皇帝陛下的玉米的选择

一块表
一面镜子
沾有唇印的杯子
一把钥匙
一把匕首

俗话说："智者不入爱河，愚者为情所困。"再精明的头脑一旦被爱情蛊惑，男人也好女人也罢，必定会丧失理智，被蠢笨支配，做出愚不可及的事。我面前正好有个活生生的例子。

我们亲爱的王子殿下，未来的国王，这个国家最具风采的年轻人，他恋爱了。更让人不可理喻的是，他甚至不知道自己深爱的女孩是谁。

事情就发生在昨夜，在王宫举办的舞会上。国王邀请了全国的未婚女孩来参加，为的就是让王子在这些姑娘当中选择一个做妻子。也许有人要问，万一王子选中平民女孩该怎么办？我倒是要反问，王子难道是瞎子吗？其实这个主意就是我出的，邀请所有女孩无非是为了增加国王和王子的亲民度，真正有资格成为王妃的女子还得是那些贵族千金。她们无论相貌、学识抑或礼仪都无可挑剔，和那些连身像样的礼服都置办不起的女孩出席同一场舞会，简直就像是把金子和土拨鼠堆到一起。德里卡公主、奥古斯坦将军之女、科隆伯爵之女等，在舞会上，我和国王所安排的优秀女孩会和王子邂逅，不出意外的话，其中一位便是未来的王妃。

但是有句老话叫"天有不测风云"，意外就是这般不讲道理地发生了。

一位美丽少女在舞会即将开始时闯了进来，并成功引起了王子的注意。我问遍了所有仆从和护卫，没人知道她是谁。她像是泉水里冒出来的精灵，或者哪个云中国的仙子，美丽得有些不像是吃面包、豌豆长大的人类。但光有美貌不是我能坦然接受这段突如其来的爱情的理由，王妃的人选必须万无一失。

本来这样也就算了，无非事后派些人手去调查。然而这位暂时不知道来历的女孩在午夜十二点钟声响起时竟然丢下王子仓皇逃走，甚至因为过于匆忙而跑丢了一只鞋，更别提后面派出去追赶的禁卫军回报说连人带马车都在半路上不见了。听听这都是什么荒唐话！天知道我在听到这个消息的时候有多错愕，我甚至以为是自己年纪大了熬不了夜，于是产生了幻觉。

可这是事实。

所以舞会结束后，眼中满是血丝的国王和面露忧郁之色的王子便把我召到了议事厅。

我从怀中掏出一块表，看着上头时针指着一点的方向，焦躁的同时又颇为无奈，只好强打精神同他们坐在一块儿。上一回看他俩这么焦虑还是和邻国交恶那阵子，我们担心战争，担心骚乱，担心这个国家的未来，并为此彻夜难眠。

可如今为了这种事就十万火急，多少有些不稳重了吧。哦，国王说这也关系到王国的未来。好吧，我无法反驳。

"快想想办法吧！你是我最信任的宫务大臣，我知道这世上没有什么难题能困扰你。看看我们的王子，他眼神哀怨，心如刀绞。那个神秘女孩快要把我给逼疯了！"

恕我直言，我尊敬的陛下，彻夜不眠才是把人逼疯的主要原因，和我们的王子陷入相思之苦关系不大——

61

尽管心里这么想，但我清楚这种话作为臣子是万万不能说出口的。于是我在心中默默叹了口气，郑重地对国王陛下承诺道："感谢您的召见，我的陛下。尽管我老眼昏花，行动迟缓，学识和智慧更不及您的万分之一，但为了不辜负您的信任，我必全力以赴，保证在最短的时间内把这个女孩找出来。"

豪言壮语说出口，但我其实没多少信心。毕竟摆在我面前的就只有一只水晶鞋。这是有关那个神秘女孩存在过的唯一证物。它躺在议事圆桌正中央的天鹅绒垫上，被我们三人郑重其事地烘托着，仿佛它是承载世界命运的神谕。

我摩挲着手中的怀表不禁想，如果通过鞋子去寻人，猎犬显然比我更擅长。但这事儿猎犬能解决的话，还连夜把我叫来做什么？这到底是证明了国王对我的信赖，还是他认为狗在夜里要睡觉而我不用？

我小心翼翼地拿起这只水晶鞋端详。它尖头、高跟，弧度自然优美，表面光滑如镜，造型仿佛一只正低头梳理羽毛的天鹅，高贵又优雅，令人叹为观止。鞋子拿在手里的触感冰凉细腻又很轻盈，大小还不及我一个巴掌。不敢想象穿这鞋子的女孩脚会有多小。鞋面的厚度却和一般鞋子差不多，内里没有半点瑕疵，确信是用一整块上乘的水晶精心雕琢成的。在议事厅明亮烛火的照映下，水晶鞋反射出炫目的光彩。以我这老牌贵族的眼光来看，这是一件无可挑剔的艺术品。甚至对那些小贵族来说，拥有这样一双鞋子足以为他们的家族世世代代带来名声和光彩。况且能把一整块水晶雕琢成精美鞋子的工匠，也绝非一般的大师。能有这种技艺的水晶工匠，在任何一个国家都能享有尊贵的地位。

既能拿得出稀有的材料，又请得起非凡的工匠，目的仅仅是打造出一双用来跳舞的鞋子，而且还说丢就丢。这女孩家族背后的实力可见一斑。

所以在见到这只水晶鞋的第一眼，我心中的骇然是掩饰不住的。

"怎么样，侯爵大人？您能看出什么来吗？"

王子见我捧着水晶鞋半天不说话，焦急地开口问我。

我稍加思索后答道："殿下，这是一件精美绝伦的艺术品。我敢打赌，即便是放在王室的宝库中，也绝不会比其他珍宝逊色。当然，对于国王陛下所拥有的财富来说，这也仅仅是一件可有可无的宝贝罢了。"

国王显得有些不耐烦，他打断我："找你来可不是鉴赏艺术品的，收起你那不合时宜的奉承吧，你知道我现在想要听什么。"

"是的，陛下！"我起立微微欠身，又坐回去重新调整了措辞，"我想说的是，正因为这只水晶鞋特殊，我才有理由相信这位在舞会上让王子殿下一见倾心的女孩来自某个显赫家族，一般的贵族和富商可不会把这种宝贝穿在脚上，更不会弄丢一只还不管不顾。"

"很有道理。"国王点着头，"然后呢？"

坐在一旁的王子则若有所思地问我："那您心里头一定有人选了，对吗？"

知道你俩很急，但能不能别表现得跟发情期的猴子似的？这样很不体面。我心中腹诽着但面上不动声色，只是微皱起眉。

"这正是最奇怪的地方。当王子殿下和那位神秘女孩跳舞的时候，我便派人去打探了。她乘坐的马车没有纹章，南瓜形的马车也和我印象中的那些家族对不上号。她的车夫和侍从像是哑巴一样，一句话也不说，甚至连拉车的马都不碰一下草料。她似乎已经有了充分的准备，不让任何一个有心人猜到身份。这和她盛装出席舞会又整夜和王子如胶似漆的表现完全矛盾。总不能解释成她只是想来舞会凑热闹吧？"

说到这里，我又顿了顿，把心中最大的疑惑揭示出来。

"我尊敬的国王陛下，所有人都知道，这场舞会只邀请了未婚的女孩，目的就是让王子选出心仪的对象。不会真有哪个傻姑娘只为了跳舞而来吧？要真是这样，那她对自己的美貌还有那身华美的裙子明显有着错误的认知。啊，我不是说尊贵的王子殿下一定会看上她。而是，嗯——她理应表现得更低调。"

说到这里，我紧紧闭上嘴巴，把思考时间留给国王陛下和王子殿下。有时候话不能讲得太透彻，会显得国王不够聪明。我是臣子，必须得顾及王室颜面，摆正自己的位置。这要换个身份，我老早就叫他们滚回床上睡觉了。天大的事情还能有睡觉重要？我这把老骨头少睡一个晚上绝对要短命半年。

我为王室服务了三十年，面前的这两人都是我看着长大的，是我的晚辈。年轻时的国王充满远见且富有冒险精神，是个称职的掌权者。如今的王子继承了父亲的优点，善于思考也懂得倾听，是一位优秀的王储。人们都说爱情是盲目的，也许它确实会像旋风一样突如其来，但我也希望这场旋风能让王子殿下和过分在乎抱孙子问题的国王陛下稍稍冷静，看清隐藏在事件背后的真相。

"父亲，侯爵说得对，这件事确实蹊跷。我一时被爱情冲昏了头脑，竟然没有注意到这些不自然的地方。"王子率先开口道。

很好，不愧是我所看好的王国继承人。

接着，国王也摸着下巴缓缓开口："我也许太过急躁了，孩子。一想到你的终身大事就乱了方寸。回过头来想想，我们确实忽略了某些重要的细节。"

"是的，父亲！"王子从椅子上站起，脸色呈现出好像抓住了什么重要线索一般的兴奋之色。他的目光炯炯有神，像极了他父亲年轻的时候。我含笑着点头，期待着他接下来的发言。

"她是舞会临近开始的时候匆匆而来的，那时候我已经无聊得快要打哈欠了。这个女孩像是迷路的兔子一般冒冒失失闯进来，确实让我感到一丝新奇，接着我便被她的美貌深深地吸引住了。"

这时，一旁的国王忍不住插嘴道：

"德里卡公主、奥古斯坦将军之女、科隆伯爵之女，这些佳丽放眼整个王国都是难得一见的美人，她们难道都不曾让你心动吗？"

王子闻言，表情瞬间变得有一丝尴尬："德里卡公主小时候拿青蛙捉弄过我，奥古斯坦小姐从十一岁开始就以切磋剑术的名义寻我的乐子，至于科隆伯爵家的——不说也罢……"王子接着话锋一转，"继续刚才的话题吧。我真正要说的是，这位神秘的女孩来舞会迟到了。"

"这是一场重要的舞会，是王宫向全国未婚女性发出的邀请，哪怕是住在离王城最远的村庄只能搭行商马车进城的平民女孩都没有迟到。但这位家世显赫，又有专属马车的小姐竟然迟到了。作为贵族来说，这是非常有失体统的行为。侯爵大人刚才推测她来自某个贵族家族，我反倒觉得不像。"

这番发言让国王听得出神，也让我的思路有所拓展。确实，如王子殿下分析的那样，哪怕她对王子没有兴趣，只是想要跳跳舞散散心，但在一场在王宫举办的舞会上迟到，绝非一个贵族所为。可是，平民又怎么可能置办得起那样一身行头？更别说还有马车、仆从和那双非凡的水晶鞋？

我脑中掠过几种猜测，但在掌握更多线索之前只能暂时按下不表。

"您还注意到别的什么细节吗，王子殿下？"

王子竭力回忆着，来回走动的脚步像时钟上跳动的指针那样富有规律。

"我第一眼见到她就觉得她很特别。和她跳舞时，这种感觉更为强烈。她不像一般的贵族千金那样娇滴滴的或者故作娇柔。我能感觉到她像小鹿一样紧张，把我的手抓得格外紧，甚至捏得我有些疼。虽然极力装作很会跳舞的样子，但偶尔的小失误也让人忍俊不禁。总而言之，她非常可爱。"

又出现了，王子脸上这副从舞会结束到现在就没有收敛过的被爱河灌满了脑子的表情——等等，他刚才说了什么？

"您说，她把您捏疼了？"我正视着王子，惊讶地问。

王子也略作迟疑，低头看着自己的双手，回忆之后便肯定地回答：

"是的。当时我心里还想，她的力气说不定和奥古斯坦小姐有的一比。"

国王也适时插话进来："奥古斯坦小姐受她父亲奥古斯坦将军的影响，喜欢舞枪弄剑，而且天赋极高。如果她不是女孩，禁卫军里绝对会有她的位置。"

"也就是说，舞会上这位神秘的小姐会剑术？"我难以置信地看向王子，对这个结论表现出意料之外的神情。

"不确定，她手上没有那种长年握持武器磨出的茧子，不像是会剑术的人。但也不像那些养尊处优的金丝雀，我和那些小姐跳舞时可不敢太使劲，她们一个个柔软得像面条。"

"王子殿下的发现确实有价值。"

我沉吟着，有时候惯性思维会成为通向真相之途的绊脚石。换个角度思考，这位小姐不一定习武，可如果抛开她所展现出来的财富不谈，猎户、樵夫、铁匠甚至天生神力都可以成为答案。

"王子殿下，冒昧问一句，你们除了跳舞之外，还做过些什么？"

"我带她参观了王宫，走过那些摆着雕塑与绘画的陈列室，也一起逛了花园，还在湖边接吻！"

我刻意无视王子提到接吻时眼中流露出来的深深迷醉，继续问：

"您没有问过她的姓名或者来自哪里吗？"

"相信我，我一直做着这方面的尝试，但她总是避而不谈。"

国王在一旁又是懊恼又是叹气，仿佛一只输了决斗的狮子："这姑娘可真是叫人捉摸不透。"

是的，真叫人捉摸不透。从王子的描述中显而易见，这女孩也陷入了情网。她来舞会的目的就该如此，可她又不愿意告诉王子她是谁。

"哦，还有个小插曲。"王子突然提高音量，似是想起了重要线索。我和国王不约而同看向他。

"王宫通往花园的走廊上不是有一面全身镜嘛，我们经过那面镜子的时候，那个女孩在镜子前驻足了一小会儿，有那么几秒钟，我甚至觉得她有点失神。她对走廊上的那些艺术品兴趣不大，唯独对那面镜子格外关注。这一点很不寻常。"

我记得很清楚，那只是摆放在走廊上，让经过的人能整理自己仪容的物件，本身没有任何特殊的地方。硬要说哪里不一样，无非是皇家的这些个摆设在外观上比寻常人家的更华丽。但那些追求极致奢华的贵族在这方面也不遑多让。寻常的一面镜子为什么会引起那个女孩的特别关注呢？

我为此陷入思考，在短暂的寂静之后，国王中气十足的声音飘过我耳畔："你们说，有没有可能这个女孩在意的不是镜子，而是镜子里的自己？"

睿智，我尊敬的陛下！您的灵感火花哪怕是一闪而逝，可在旁人眼里也如同迷航的帆船在茫茫大海上寻到了灯塔！

我忽而站起，对国王陛下深深行了一礼，激动道："这真是个不得了的设想！正如陛下所言，如果这位小姐在乎的并非镜子，而是镜中映照出的自己，那她的行为就解释得通了。"

国王和王子面面相觑，显然他们还没意识到其中的深意。

"你是说，这姑娘从没见过镜子中的自己？"

"这太荒唐了，难道在昨夜之前，她还是个盲人不成？"

"不！陛下、殿下，我的意思是，这位小姐可能没有见过盛装下楚楚动人的自己。"

也许在昨夜之前，某位幸运的姑娘从没穿得这么漂亮过。

这话点醒了国王和王子，他们心中显然也有了几分猜测，眼神复杂地看向我。

我坦然地承受这份注视，把主动权重新抛给王子："说说后来的事情吧。你们去了花园，还发生过什么特别的事？"

王子略一思索便说："休息，交谈，吃点心，享用美酒。我们在花园散了一会儿步，她有些渴了。她解释说自己来的路上紧张得忘了喝水。我叫侍从端来葡萄酒。她尝了一口对我说，这是她喝过的最好喝的葡萄酒。当时我觉得她是在客套，现在想起来，她的表情不似作假。她的唇印沾在杯子上，我发誓，有那么一瞬间我真想把这只杯子收藏起来，因为她的唇印实在太可爱了。"

又是这股愚蠢的恋爱味道从王子周身弥散开来，简直比遗忘在地窖深处的山羊奶酪还要酸臭。我不禁感慨爱情的可怕，能让一个聪慧的小伙儿直冒傻气。

咦？等一下——我目光一凝，一股灵感自脑海中闪过。

"王子殿下，请问她后来有补口红吗？"

"没有，我们整晚都待在一起，她一刻都没离开过我——至少在午夜到来之前是这样。"

国王疑惑地问我："沾有唇印的杯子又有什么特别的吗？"

"杯子本身没有，我的陛下。但是唇印……"我顿了顿，边思索边解疑道，"这件事值得在意的地方是，这位小姐事后没有去补口红。我需要确认一件事，陛下，请容许我召见一个人。"

国王听完更迷惑了，不禁问道："谁？"

"宫廷女仆长。"

尽管已经是夜里三点，但宫廷女仆长到来之迅速差点儿让人以为她一直在议事厅外头待命。这是一位三十多岁的干练女性，神情永远一丝不苟，礼仪无可挑剔。进入议事厅的第一时间，她便郑重地向我们行拜见礼。

"听从您的吩咐，国王陛下，王子殿下，侯爵大人。"

我直奔主题："你在成为女仆长之前，是什么职务？"

"回侯爵大人，过去我是王后陛下的贴身侍女。在王后魂归天国之后，承蒙国王陛下的厚爱，还有侯爵大人的赏识，我有幸成为宫廷女仆长。"

闻言我点点头，接着说出了我想要确认的事情：

"假如王后陛下正出席一场舞会，她在饮用葡萄酒后把口红沾到了杯子上，之后她会怎么做？"

"王后陛下会借故离开，去往女眷休息室。而我会一直在仆人的房间待命。负责跑腿的仆人会在王后陛下进入休息室的同时向我传话，我便会前往女眷休息室服侍王后陛下。"

"包括为她补口红？"

"那是必须的，侯爵大人。"

"有例外的时候吗？"

"那样不符合礼仪，侯爵大人。"

"谢谢解答，你可以回去了。"

女仆长像是压根儿不在乎为什么自己半夜三更会被叫来问话，听到我的命令，她便向我们一一行礼，然后一声不响地退出议事厅。

随着议事厅大门再次关闭，室内的气氛也变得压抑起来。这下就算我不做解释，国王和王子想必也明白刚才女仆长的话意味着什么。

这位闯入舞会的神秘女孩，这位身着华丽长裙、脚踩珍贵水晶鞋的美丽小姐，尽管她气质高贵、言行得体，但对贵族的礼仪似乎是一知半解。

受过良好教育，但是不多；拥有绝美的容颜和深厚的家底，过的却不是大小姐的生活；懂得贵族礼仪，但也就比平民强一点；憧憬舞会和王子，但对和王子相爱这点又毫无思想准备。这女孩身上数不胜数的矛盾表现让整个事件愈发扑朔迷离。

议事厅内陷入长久的沉默。看着国王和王子两人苦思冥想而不得的模样，我想举双手投降。我更想提议他们放弃寻找这来历不明之人，德里卡公主或者奥古斯坦小姐依然是绝佳的人选。

手中怀表嘀嗒作响，时针不经意间已经越过数字3，我的眼皮也不断打架，疲累的心神难以维持思考。这时终于有人打破了沉默。

"我知道是怎么回事了！"

我激灵了一下，坐直了身子，见到王子迫不及待要发言，心中不免期待。这是要选德里卡公主吗，还是奥古斯坦小姐？一个能文，一个能武。王子已经成年，就算全都要，也不是不能商量。

　　但最终我听到了并非期待已久，而是让我的大脑彻底停止运转的一句话——

　　"你们说，她会不会使用了魔法？"

　　"不是——您在说什么？"

　　"我的儿子，这真是个新奇又大胆的想法！"

　　我和国王同时拍案而起，但很明显，我们的态度截然相反。我觉得这对父子在胡闹方面简直天赋异禀。

　　"我的陛下！王子殿下显然已经被爱情的迷药搅乱了脑子，没法理智思考了。但您永远是睿智的，给暂时无法解释的事打上魔法的标签非常不合适。"

　　"我亲爱的侯爵，你见多识广，应该听过不少关于魔法的传闻，不是吗？想想看吧，那女孩身上的谜团一个又一个，你该怎么解释她在午夜钟声响起的时候落荒而逃，又该怎么解释她乘坐的马车在出城后便仿佛凭空消失？”

　　“这些，还要进一步调查……”我铁青着脸一字一句答道。

　　国王陛下这番话简直是疯子的呓语。掌握线索、分析联系、谨慎推理才是解决问题的正确方式。非要拿魔法来说事儿，那事实真相可就千奇百怪了。

　　“放松点儿，我的侯爵，你的表情就好像看到魔鬼在挥舞刀叉。魔法没有你想象的那般恐怖。它只是稀罕。对了，你可曾听闻遥远的北方有个叫阿伦黛尔的公国？”

　　“陛下！我担心的不是魔法会不会害人。再怎么匪夷所思甚至颠覆常识的事件，总该有个解释。古往今来，每一位智者在探寻真相的道路上殚精竭虑，我不敢以智者自居，但也不愿自己的聪明才智被轻视。‘一切都是魔法干的’这话实在太儿戏了！”

　　话一出口，我陡然惊觉自己的失态。天哪，我都干了些什么？居然顶撞国王？！也许国王的仁慈宽厚会原谅我这个老家伙的一时失控，但我自己显然无法心安理得，都是因为那该死的"魔法"！

巫师、魔法或者其他什么神奇力量，统统离我们普通人的生活太远。少女的长发拥有让人青春常驻的魔力、全知的魔镜能解答世间一切难题、人鱼的王国就隐藏在大海深处……这些被行吟诗人传唱于街头巷尾的故事比比皆是，为了骗几个铜子儿，他们什么胡话都说得出来。我敢发誓，这里头哪怕有一丁点儿真人真事，我就把族徽吃下去！

"就先到这里吧，大家都累了。"

国王看到我眉间聚拢的深深的担忧，也明了我心中所想。他把水晶鞋郑重地交到我手里，好意提醒我回去睡饱了再考虑后续。

仁慈的国王，这个安定繁荣的国家是他应得的。至于那些烦人的事儿，应该交给我们这些臣子去头疼。何况，我也不至于自己一个人在这难题上想破脑袋。三个人的脑子永远比一个人的好使，如果聚集起一群聪明人，那还有什么事情是办不成的呢？而凑巧的是，我是国王陛下的心腹，是位高权重的侯爵，这事办起来还挺简单。退一万步讲，就算依然没有结果，还有国王提出的最后方案——拿着水晶鞋挨家挨户去试，谁能穿得上就把谁带来。

我坐上回庄园的马车，冰凉的黑夜让我浑身骨头打战。这把年纪实在不能熬夜，可当我的身体陷入马车舒适的坐垫时，我又没能立刻睡去，因为有个谜团在我心头难以挥散。我掏出怀表，死死盯着表盘上的十二点刻度。

为什么这个女孩必须在十二点离开？哪怕十分钟也好，多待一会儿不行吗？十二点对她有什么特殊的意义？是和什么人做了必须遵守的约定吗？

时针跨过十二点的分界线，也是昨天和今天的交替。过了十二点，就是第二天，这是刻在每一个人心头的常识。昨天和今天，对这个女孩来说又有什么不同？难道说，过了十二点，昨天那个美丽如璀璨星辰的她就不再是她自己？昨天的她不是今天的她？那今天的她又是谁？

不对！我的思维一定是被该死的困意束缚了，怎么

80

就往哲学方向上靠了呢？我思考的又不是谁的人生。她不得不在那一刻离开一定是有非常正当的理由，那个理由也许不合常理，但必定符合逻辑。

我捧着怀表，指尖轻触怀表的盖子，抚过盖子上的家徽图案。我深深记得十四岁生日那天从父亲手里接过这块表的情景，记得那一天他对我说的每一个字——按时回家，错过门禁时间，你要倒霉的！

也许这就是答案了。十二点钟声敲响，舞会进入尾声，她得赶在舞会结束前回家，不然可能会来不及脱下礼服，而让哪个刚好从舞会回来的家人撞个正着。她不能让别人知道这件事，因为后果会很严重，比做国王的儿媳妇还要严重。

我回到府邸小睡了一会儿，破晓时起床。用过早餐后，我在自己庄园的偏厅里召见了昨晚轮值的禁卫军指挥官，以及商人和工匠的代表、税吏，甚至还有王国里最好的猎人。

我先拿出那只水晶鞋给商人和工匠鉴定。不出所料，他们在发出一阵阵惊呼之后纷纷表示自己从没见过这么完美的东西。别说在这个王国，恐怕这个世间都没有人能制作出这样的艺术品，这一定是神赐的宝物。

扯到神明就有些夸张了，毕竟这东西昨晚就穿在一个可能连贵族都不是的丫头的脚上。神赐之物是一个挺新鲜的思路，假设穿上这只水晶鞋就能使用某些神奇的力量呢？

慢着——怎么连我也往魔法上面想了？凡事应该从线索入手，用逻辑说话！

不过商人和工匠们也确实给我带来了一些惊喜。根据他们掌握的情报，这只水晶鞋过于小巧，假如真有一个适婚年龄的女性能穿得上，那她的脚一定非常小。国内的鞋匠不会特地制作这种尺寸的女鞋贩卖。商人也是如此，这个尺码的女鞋进货量非常少。经过工匠和商人一番统计，最后发现这些年来竟然没有一个人向鞋匠下过这种尺码的订单，也没有人找商人购买过这种大小的鞋子。也就是说，这个女孩可能会自己做鞋子！

"她不可能连材料都能自己准备。召集所有的商人，查两年……不，查三年内的账目，做鞋材料的售卖记录一条也别漏！用最快时间把结果报上来。"

当然，这只是其中一个调查方向，关于鞋子的问题，另一种可能则是女孩不是家中的独女，她穿了自己姐姐或者妹妹的旧鞋子。

不过这两种可能都和她是贵族女孩的结论相悖，但也符合对她身份的推测。至于华丽的裙子、漂亮的马车、宝贝一般的水晶鞋，这些到底怎么来的——啊，确实像王子说的那样，念个魔咒卟噜吧啦一下全都有了；抑或哪个路过的仙女非要给她打扮打扮去舞会上见见世面……

哦，真见鬼！我一定是被王子的癔症传染了，绝不要再思考该死的魔法了！

"侯，侯爵大人，您没事吧？"

周围人见我抱着脑袋露出痛苦的神情，纷纷吓了一跳。

"没事，只是没睡好。"

我很尴尬，随便找个借口糊弄过去。反正我年纪大了，有这样那样的毛病合情合理。

商人和工匠已经回去翻账本了，庄园里一下子清静许多，但我没工夫享受宁静。怀表的指针不曾停歇，太阳刚从地平线上探出半张脸，我已经带上禁卫军指挥官和猎人赶往城外。

根据昨晚派出去追赶马车的禁卫军汇报，马车出了王宫后向西边疾驰，并消失在半路。他们本来紧紧追在马车后头，但在转过一个弯之后就追丢了，查看路面发现车辙也在道路的某一处突然不见。昨晚没有下雨，午夜十二点也不会有人和马车在外头闲逛，路上刚驶过的车辙不可能平白无故不见。这种诡异事件，我必须亲自去现场看看。

我们的速度不快，出城后向西差不多花了十分钟到达第一个转弯路口。我注意到道路两边都是茂密的森林，如果马车在这里转弯，后面追赶的禁卫军的视线会被树木遮挡。根据禁卫军指挥官的报告，他们昨晚追到这里，转弯前距离追上目标也不过三四次呼吸的时间。所以结论就是在这么一丁点时间内，在这条转弯后的道路上，马车发生了令人难以理解的变故，直接导致它在追兵的眼皮底下不见了！

这可能吗？从寻常角度去思考这当然不可能。但换个思路的话，也许有人运用了什么奇妙的障眼法，又或是利用了人们的思维盲区，甚至有可能是种种巧合导致了这样的结果。

我沿着这条路来来回回走了数次，又循着车辙反反复复观察，车辙消失的方式相当突兀，它没有往前延伸，也没有逐渐变浅，更没有起伏和摇晃，就好像马车自己都没做好思想准备，跑着跑着"啪"一下不见了，化作泡沫，化作风沙，或者化作我心里头千万只山羊在扑腾在咆哮——这不关魔法的事，这不关魔法的事，这不关魔法的事！

"这条路通向哪儿？"我问身后待命的税吏。如果要问谁是对家家户户最了解的人，我的回答肯定是这些负责收税的官员。事实也正是如此，税吏想也不想便立刻回答了我。

"这条路一直通往边境，中间会经过十四个庄园。"

"这十四个庄园分别属于谁？"

税吏报上十四个名字,印象中都是些小贵族。没有封地只有庄园的,或者守着可怜的几亩农田果园不上不下的。但他们自己连同他们的家眷仆从再加上封地的领民,依然有不少人。何况这些个小贵族里头落魄的也不少,倒也符合那个神秘女孩"接受过贵族教育但又不多""比平民懂不少礼节但又不够""看起来细皮嫩肉却得自己干活"这些特点。

过往的经验告诉我,这十四个庄园有必要一一拜访,无奈时机不对,至少不能是现在,天刚亮就上门实在太唐突了。我连敲人家门的理由都难以启齿——你家有会魔……不是!你家有哪个姑娘能穿得下这只鞋子吗?

考虑到继续调查车辙已经没有收获,我又把注意力转向道路周边。我命令猎人去树林里找寻可能躲藏过人的痕迹,结果还真有收获!

我跟着猎人来到树林里,这地方和车辙消失处几乎呈一条直线,痕迹在一棵大树后。能看见很清晰的一排脚印,有人类的,也有动物的。这个发现让我精神大振！

我就说这事和魔法没关系吧！果然是有人使了什么手段。

人类的脚印很小，经过和水晶鞋对比，可以确认这脚印的主人和水晶鞋的主人是同一个。至于那些动物的脚印，猎人经过分辨说属于一匹马、一条狗和若干只老鼠。女孩乘坐的马车是四匹马拉的，这地方的脚印就只有一匹马……难道是女孩单独骑一匹马逃走，然后另外三匹马拉着马车藏匿起来了吗？

"不是的，侯爵大人……"猎人小心翼翼地解释着，"再往深处，就没有痕迹了。您要找的人，她带着动物在这儿躲了一阵，然后又回到大路上。您看，地上的脚印刚好是一来一回的。"

先不论老鼠是怎么回事，至少可以确定女孩带着一匹马和一条狗在树后躲着，等禁卫军经过后又骑着马领着狗回到自己家中？所以马车最后还是消失了？

有关魔法的念头又开始像霉菌爬上面包一般在我的心头滋生，我竭力和这可恶的想法对抗，却渐渐有些力不从心。直到我的视线扫过路边一个稀巴烂的南瓜，注意力一下子便被吸了过去。之前我并没有在意这个，毕竟谁会认为一个烂南瓜和马车消失事件有联系呢？但直觉告诉我，马车也是南瓜形的，两者或许有关。

好吧，这确实有点儿牵强，就当作我不愿把这个谜团和魔法扯上关系所做的垂死挣扎吧。

我叫手下人去找几个农夫来问话。不一会儿，随从便领着三个在附近耕作的农夫到了我跟前。他们衣衫褴褛，面色蜡黄，腿上身上都沾着泥巴，样子不成体统。在绝大多数贵族眼里，这些没受过教育，只知道耕作、交税和生孩子的下等人是贫贱和愚昧的代名词。但我始终觉得人都是有用处的，上天赋予了每一个人智慧。你看现在我不就需要他们和农作物打交道的智慧吗？我对他们的要求只有一个，看看这南瓜到底怎么回事。

农夫们的结论是：南瓜是新鲜的，刚烂没多久。同时猎人也证实南瓜上没有小动物啃咬的痕迹，想必是刚落在路边没几个小时。关于南瓜是怎么烂的这一点，农夫们认为应该是砸烂的。至于是在平地被砸烂还是从高处落下摔烂的就不清楚了。

"路上有马和马车来来回回，难道不能是被马踩踏或者被车轮碾轧的吗？"

农夫们一个个诚惶诚恐，低垂着头作答："回老爷，被马踩过和被车轮碾过的南瓜不是这样子的。"

没有相应的痕迹对吗？在南瓜形马车车辙消失的地方，有一个摔烂了的新鲜南瓜……嗯，还是先当成是我无法理解的障眼法去怀疑吧！

这让人很无奈，指望从南瓜上发现点什么属实勉强。我叫随从给农夫们一小袋钱币打发了。他们三个俯首跪拜，拿了钱却没有立刻离开，而是走到路边把那个烂南瓜收拾好打算带回去。

毕竟是新鲜的南瓜，拿回去洗洗还能吃——等等！

我脑中灵光乍现，忽然意识到某件事，立刻把三个农夫叫回来。

"你们种南瓜了吗？"

"没有种。"

"周边有人种南瓜吗？"

"也没有人种。"

"为什么不种？"

"以前有人种过，或许是土的问题，这片地方种南瓜很难有收成，所以大家都不种南瓜。"

惜食的平民不可能摔南瓜来玩。那这烂南瓜是怎么来的？只能是从运输的马车上掉落下来的吧。然而这一片地方都没有人种南瓜，那么这南瓜就不可能是从进城的马车上掉落的，而是来自出城的马车。如果非要说这南瓜和那个女孩有联系，就只能解释为她回去的路上不但骑着马、领着狗，甚至还抱了个南瓜……可没有人种南瓜的话，她要得到南瓜就只能向商人购买。

"有商人的马车去你们的村子卖东西吗？"

"有的。"

"你们都会买些什么？"

"种子、农具之类的。"

"那南瓜呢？"

三个农夫面面相觑，其中一个人磕巴着说：

"有钱当然是买酒了，为什么买南瓜？"

这个回答印证了我心中的那个猜测，看来商人们要多一件事忙了。

"让商人们查查最近一段时间里那十四个庄园当中有哪几家订购过南瓜。"

我发出这道命令之后便带着人回了城。接下来要做的只有两件事：等待商人们的调查结果，以及在国王和王子起床后向他们汇报刚刚的收获。我摸出怀表确认时间的同时，心中暗自盘算：为了今晚能不熬夜，我暂时还得打起十二分精神。

等到商人那边传来好消息的时候，国王和王子正在享用他们的早餐，而我的汇报也还没结束。

我作为宫务大臣打理着皇家内廷，对财政和审计这一块甚是精通。商人们统计上来的这些数字看似平平无奇，但仔细分析，还是能看出点东西的。首先是做鞋材料的销售记录里剔去那些作坊的订购记录：散卖的不多，三年内全部的记录汇总起来也只有几张羊皮纸。不出所料，没有哪个贵族或者富人家单独买过这些东西。值得注意的是城西某家店铺的销售记录，三年来每个季度都固定有针线和面料的小额交易，每次是同样数量、同样价格。这些卖出去的面料不够做一双鞋子，但是拿来缝缝补补刚好够用。我脑海中渐渐勾勒出一个少女的具体形象：她虽然拥有美丽的容颜，但穿着朴素，都是姐姐、妹妹或者母亲留下来的旧衣旧鞋；她的针线活很熟练，也许其他家务活也不在话下，整天洗洗涮涮，所以手劲才比那些娇贵的小姐大；她还深居简出，所以那天在舞会上才没有人认出她来。不，或许有人认出来了，只是没声张，显然她的形象和平日里反差太大，认识她的人也不敢确信那是不是她。关于这一点，她在镜子前那一番表现也是有力的证据之一。

而至于南瓜的订单，最近西边的庄园订购过南瓜的仅有四家：乔治男爵、佩德罗男爵、丹尼骑士、特曼妮夫人。

我"啪"的一声合起怀表的盖子，心中已经有了决定。趁着大清早，带着水晶鞋先去这四家坐一坐是有必要的。但我得有个合适的名目，而碰巧我们尊贵的国王陛下刚好有个计划。

于是在太阳还没晒到屁股的时候，一个振奋人心的消息就像展开翅膀的鸟儿飞遍了王国——王子要选新娘了，不论是贵族还是平民，谁能穿上水晶鞋，那个人就是王妃！

国民们沸腾了。渴望飞上枝头变凤凰的姑娘们欢喜雀跃，每个人都梳妆打扮好等在门口，盼着来自王宫的马车。

对不住了姑娘们，还有德里卡公主和奥古斯坦小姐，你们的期待注定要落空。

我在出发之前已经叫手下人搜集来要拜访的四个庄园的家族情况：乔治男爵有一儿两女，大女儿早已出嫁，小女儿刚满十三岁；佩德罗男爵有两个儿子，第三个孩子还在妻子腹中，说不定会是个女儿；丹尼骑士，多年前妻子难产而死，最后大小都没保住，家里还有个妹妹尚未出嫁；特曼妮夫人是个寡妇，过世的丈夫是名绅士，曾有过官职，家里有两个女儿，且都在适婚年龄，昨晚全家一起去了王宫舞会。

好了，不用想也知道此行第一站要去哪一家。

确认过时间，特曼妮夫人一家应该已经起床。我乘坐马车带着随从拱卫着水晶鞋，以相当隆重的方式来到特曼妮夫人的庄园。下车的那一刻，我就觉得自己找对了地方。和别人光鲜亮丽的庄园相比，这里完全疏于打理，仅仅保持着基本的整洁。铁门锈迹斑斑，院子里的植物稀稀落落，没有草坪，没有花园，也看不到仆人的踪影。很明显，此处的主人生活并不富裕，而且恐怕连维持基本的体面都有困难。如果是出身于这种家庭，孩子缺少相关教育也是理所当然，毕竟请家庭教师可是一笔不小的开销。

　　沿着碎石铺出来的小道，我捧着水晶鞋领着随从们从院子大门走入庄园，特曼妮夫人携两个女儿早早就在屋门前等候。我打量着她们母女居住的房屋，那是一座三层高的老式大宅，屋子一侧附带一座尖塔，样式相当古老。可以想象这房子曾经也富丽堂皇，但在无情岁月和经济拮据的双重摧残下，如今只剩斑驳的墙壁和破败的屋顶。三个女性站在不远处的房廊下，穿着光鲜艳丽的服饰，和身后的老房子形成强烈的对比。

我走上前按照礼节一一亲吻三位女士的手背，接着说出早已准备好的开场白：

"早安，特曼妮夫人，唐突前来打扰。想必您已经听到王宫传来的消息，我们的国王陛下实在等不及要为王子举行婚礼了。"

"侯爵大人，您的到来实在叫我惊喜。那就是传说中的水晶鞋吧！今天是幸运日吗，我的女儿要成为王妃了？"

"对此我也十分期待。"

"让我们赶快进屋吧，多浪费一秒都是对国王陛下的不敬。"

特曼妮夫人迫不及待把我请进屋。我让其他人都留在院中待命，只让一个仆人捧着重要的水晶鞋跟随我。

进屋之后，我打量起四周，尽管地毯和窗帘都已老旧，家具和地板也暗淡无光，更没有什么值钱的装饰，但房子整体整洁、温馨且一尘不染，让我能切身感受到在这儿住的人对生活的热情。再看特曼妮夫人和她的两个女儿，她们衣着光鲜，珠光宝气，这种和房子格格不入的感觉更强烈了。

尽管心中感到违和，但我还是得说上几句客套话。

"真是舒适的房子。夫人，这里的一切都令人印象深刻。"

特曼妮夫人此时也为我端上热茶，说道："不过是个能遮风挡雨的地方罢了。当然，我的女儿要是嫁给了王子，那一切就会不一样了。"

我端详着面前的妇人，她容貌端庄，眼神中透着精明，年轻时想必风采照人。岁月在她的眼角留下刻痕，但没能夺走她眼神中的自信。是啊，她是一位有头衔的女士。尽管她在贵族中属于最低那一阶，但贵族该有的仪态和矜持她都具备，坐下时腰板也是挺得笔直。嗯？从她腰间口袋那儿露出一小截金属物件——是一把钥匙吗？

我借着喝茶的遮掩迅速瞥了一眼大门口，看到进门一侧的墙壁上正挂着一串钥匙。王国内的人们出于习惯，总会把房屋钥匙挂在靠近大门的位置便于拿取。既然这所房子的钥匙还挂在墙上，那特曼妮夫人单独藏了一把钥匙在口袋里显然有另一番深意。

不过这些只能暂时按下，眼下是该办正事的时候了。我放下茶杯，吩咐随从奉上水晶鞋，由特曼妮夫人的两个女儿一一试穿。

说真的，我从没见过这么荒唐的闹剧：她们使出吃奶的力气想要把脚挤进那只比烟斗大不了多少的水晶鞋的样子实在不堪。更别提特曼妮夫人还一个劲地找理由，"一定是整夜跳舞把脚跳肿了"。我是没想到特曼妮夫人在逗乐方面有这般惊人的天赋。但我是经过专业训练的宫务大臣，我不会笑出来。

"先这样吧，特曼妮夫人，我也许该等两位小姐的脚消肿了再来，这样也显得公平不是吗？"

我给了特曼妮夫人台阶下，聪明人知道该怎么做。

"侯爵大人，您真是个英明又公正的人，我实在不知道该怎么感谢才好。"

"机会是国王陛下赐予的，英明公正也是他无数优点之一。我会向他传达您的感激之情。顺便问一下，您家里没有别的女孩了吗？女佣、厨娘或是临时雇来的洗衣妇都好。陛下要求所有适婚女子都必须试穿。我可不想因为一个小小的疏忽而被问责。"

"侯爵大人，我可以发誓，家里只有我们三人。您也看见了，我那去世的丈夫只留给我们这么一间房子。能不挨饿受冻已经是老天开恩，哪还有条件请用人呢！"

"对于您的遭遇，我深表同情。不过我还是希望您再好好想想，府上真没别人了？"

"没有。"特曼妮夫人斩钉截铁地答道。

我只好向特曼妮夫人道别。她把我们一帮人送到大门口，目光深沉地注视着我的马车渐行渐远。掀开马车窗帘一角，我见到她的身影始终没有挪动，看上去像一棵枯枝交缠的老树挡在大门前。

直到彻底看不到特曼妮夫人的房子我才让马车停下，然后唤来一个手下。

"那庄园你仔细查看过了吗？"

"侯爵大人，在两位小姐试鞋子时，我悄悄在屋子周围转了一圈。没发现第四个人。厨房里只有三副餐具。还有，我见到后头的马厩里有一匹瘦马，还见到一

98

条看家的老狗。"

"哦？那有没有老鼠？"

"有不少。厨房里、柴房里、马厩里，到处都是它们的踪迹。"

"厨房里有南瓜吗？"

"有，还很新鲜。"

"厨房今天生过火吗？"

"没有，炉子是冷的。"

"后院晾着衣服吗？"

"有的。"

"你检查过那些衣服吗？"

"是的。那些衣服的外形和特曼妮夫人还有她两个女儿的身材一致。"

"衣服是干的还是湿的？"

"还没干透，大概是昨晚刚洗了晾上的。"

挥退了随从，我基本可以确定特曼妮夫人在撒谎，她家里还有第四个人，却不让我见。至于为什么，不用问也知道。

为了不让特曼妮夫人起疑，我装模作样把后面十三个庄园都拜访了一遍。聊几句家常，再把试鞋流程走一遍。回到王宫时，太阳已经西沉。

老实说，这一天下来可真累得够呛，浓茶灌下不知道多少杯，感觉身子骨要散架了，如同在暴风雨中触礁的帆船正发出岌岌可危的声响。我只好掏出怀里的表，数着时刻不断给自己打气：再坚持一下，午夜之前一定能把事办完。

再次见到国王和王子，我把在特曼妮夫人家看到的情况一五一十汇报。王子有些按捺不住，跳起来说："我一刻都不想等了，我要马上见到她！"

"请冷静，王子殿下。"我提醒道，"不管怎么说，特曼妮夫人是贵族，而且还是个寡妇。您就这样贸然闯进她家有失体统，同时也会让其他贵族对王室有非议。虽然陛下和您都至高无上，掌握着王国的一切，但我还是建议您更加谨慎一些，以免王室和贵族之间关系僵化。"

我这言辞不过分吧？说得有理有据吧？不至于让国王和王子觉得我是在为贵族说话吧？官务大臣为了

调和阶级矛盾真是操碎了心！

这时国王也劝说道："先坐下吧，我的孩子。侯爵说得对，你有些操之过急了。"

"国王陛下英明。"

国王看向我，提议说："我看时间也不早了，要不吃过晚饭再去找特曼妮夫人。"

这是早晚的问题吗？你们父子俩能不能有点耐心！

我心中抱怨，但脸上依旧谦卑，不得不再一次提醒面前两个尊贵之人：

"国王陛下，王子殿下，我的意思是不能急躁，不能不顾王室的颜面。特曼妮夫人那里自然要再去，我们缺的只是一个正当理由，而且我相信这个理由很快就有了。"

"'很快'是多快？"王子问我。

我望向窗外天色，又看了眼怀表，对王子说："就在今晚。"

王子惊讶地看着我，眼神中既有期待又有无措。

"只是，王子殿下，"我紧紧盯着王子的双眼，语气变得格外严肃，"到时候您又是否做好了准备呢？我不能向您保证会有最好的结果，您可能需要具备直面罪恶的勇气，还有为爱拔剑的决心。"

"我早就准备好了。"

王子迎着我的目光，表情无比坚定。这让我又一次想起年轻时的国王——那个刚刚加冕、意气风发的年轻人。

入夜，我带着几名侍卫跟随王子悄悄出了王宫，直奔特曼妮夫人的庄园。我们潜伏在围墙外的阴影中，目光紧盯这间破败的老屋。空气里充斥着沉重的气氛，王子有些紧张，握着剑的手微微颤抖。但他又相当兴奋，苍白的月光遮掩不住他脸上的潮红。

时间一分一秒过去，夜色也愈发浓重。我在用怀表不断确认时间的过程中和困意做着殊死搏斗，直到突如其来的一声尖叫划破夜空，我才猛然惊醒。

朝着声音传来的方向望去，我瞧见了房屋一侧尖塔的顶端，那里烛光剧烈摇摆，似有危机降临。在我这把老骨头做出任何动作之前，年轻气盛的王子已经率先跃出阴影冲进房子，侍卫们随后反应过来，跟着一拥而上。

我扶着僵硬的老腰最后一个站起来，蹒跚地追上去。

正如我之前说的，一帮年轻力壮的小伙儿（加我一个糟老头儿）大晚上去踹寡妇家的门肯定不体面。但要是维护正义，那就不同了。

等到我沿着蜿蜒的旋梯气喘吁吁爬上塔顶阁楼的时候，一切尘埃落定。

阁楼的木门大开，门上插着我早上见过的那把钥匙。王子紧紧抱着一个身上灰扑扑的女孩正在不断安抚。那女孩金色的长发散落，从王子臂弯中露出的美妙下颌让我确信这就是那晚出现在舞会的神秘女孩。特曼妮夫人正被侍卫们死死按住，样子狼狈不堪。角落里，她的两个女儿面对侍卫的刀剑瑟瑟发抖，泣不成声。阁楼地板上还掉落着一把匕首，证据确凿。

我长长吁了一口气，这是最好的结果。稍晚，接到消息的国王勃然大怒，特曼妮夫人欺骗我这位王国侯爵在先，企图杀害他未来的儿媳在后，罪不可赦。至于她会受到什么样的惩罚，我不感兴趣。我关心的只有王子找到了他的心上人，英雄救美的故事完美谢幕。

怀表的时针还没走到十二点，我总算能安安稳稳睡觉了。

"侯爵大人，您真的不是一位先知吗？为什么您会知道特曼妮夫人在撒谎，为什么您又认定她会加害辛德瑞拉？"

那女孩叫辛德瑞拉？挺好的名字。

"我不是先知，王子殿下，一切都是经过仔细调查后合理的推断。"

"请您详细说说吧！"

"是这样的，王子殿下。在我第一次拜访特曼妮夫人时，礼节性地吻了她和她两个女儿的手背，当时我就发现这三人的手和其他从来不干活的夫人小姐的手一样。鉴于之前我对水晶鞋还有南瓜的种种推测，我认为特曼妮夫人家里至少还有一个干活的用人。但我再三追问，特曼妮夫人始终否认。我叫人偷偷搜了她的庄园，也没找到第四个人。但我相信自己的判断，特曼妮夫人一定在我去拜访之前就做好了安排。她把人锁了起来——可能在阁楼，也可能在地窖——并抹掉其存在过的痕迹。

之所以这么做，当然是她不希望我见到那人，因为我必定会遵照陛下的命令让人家试鞋子。特曼妮夫人显然知道谁能穿上那只水晶鞋，不是吗？"

"只是手比较细嫩，也不能说明她们三人不干活吧，也许她们只是做得少。"

"是的，您的假设非常合理，王子殿下。真正让我确定特曼妮夫人在撒谎的，是她家后院晾着的衣服。我傍晚回来向你们汇报过，特曼妮夫人家后院晾着的衣服没有干透，我的手下推测是昨天晚上刚洗的。"

"是啊，这有什么问题？"

"昨天晚上她带着两个女儿参加舞会，在家得花大把时间梳妆打扮，怎么可能有精力洗衣服？舞会结束已经是后半夜了，也不可能回家还洗衣服啊。所以她家必定还有一个人干活。辛德瑞拉小姐来舞会迟到想必也是因为这个吧？"

"就是这样！她说，继母和姐姐为了不让她去舞会，给她安排了干不完的活。"

"原来她是特曼妮夫人的继女吗？怪不得。"

"那您又为什么会知道，特曼妮夫人想要杀死辛德瑞拉？"

"纸包不住火，王子殿下。无论特曼妮夫人再怎么掩盖，她家还有一位当用人使唤的继女这事是瞒不住的，我只要稍微一打听肯定能知道。她既然不想辛德瑞拉小姐成为王妃，又承担不起欺骗国王的代价，唯有杀人灭口再毁尸灭迹，而且得尽快。所以我猜天黑以后就是她下手的最佳时机。"

"天哪，侯爵大人，您真神奇，简直就像是亲眼见到了似的！"

"王子殿下您过奖了，只是些小聪明罢了。"

"您帮了我太多，我真不知道该怎么奖赏您才好。"

"为王室鞠躬尽瘁是我的使命。不过，您如果真的想要赏赐，不如就告诉我那个答案吧？"

"哪个答案？"

"辛德瑞拉小姐的马车到底是怎么在半路消失的？我想要知道真相。"

"哦，这个啊。就像我之前猜的那样，是因为魔法。"

"原来是因为魔法——嗯？您在说什么？"

"她被仙女施了魔法。漂亮的裙子、水晶鞋，还有华丽的马车都是魔法变出来的。只可惜魔法只能维持到午夜十二点。所以她一听到十二点钟声就慌忙逃回家。在回家的半路上魔法消失了，马车变回了南瓜，你当然找不到啦。"

"王子殿下，这玩笑可不怎么好笑。"

"是真的。"

"可是魔法——"

"魔法也是真的。"

"哦，我一定是太累了，长时间不合眼果然会产生幻觉幻听对吧？我还是先告辞吧，得赶紧回家睡一觉。"

"侯爵大人！"

我顾不上仪态，惊慌失措地跑出王宫，匆忙间还把一只鞋子落在了台阶上。这时候，十二点的钟声恰巧响起。该死的，我的早睡计划又泡汤了！

王子在后面高声喊我，兴许是提醒我鞋子的事吧。鞋子而已，不碍事的。求您别再喊了，我真的需要睡觉，再不睡恐怕连王子变青蛙、俊男变野兽、灯里藏着许愿精灵都出来了。魔法——哈哈哈，这世界真是疯了。我开头怎么说的来着？智者不入爱河。这人要是和爱情沾上边，真是什么疯话都说得出。我恐怕得睡上一百年才能把这见鬼的东西从脑子里赶出去吧。你们举行婚礼的那天记得叫醒我去观礼，在那之前就别来打扰了。

　　晚安！

作者简介

　　皇帝陛下的玉米，作家、漫画编辑，生于南方，高中时开始创作小说，写过杂志评论，做过自媒体编辑，出过同人志，尤爱动漫与漫画剧本创作。推理小说代表作"少女福尔摩斯"系列。短篇推理小说《西瓜和幽灵》刊于《谜托邦02：我的日常之谜》。

穿越时空的凶器

青稞

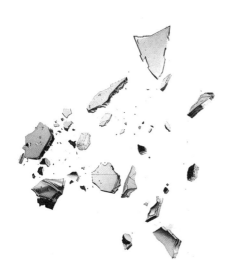

青稞的选择

沾有唇印的杯子
一本被撕掉封面的旧书
一面镜子
一把匕首
一块表
一片脱落的红色指甲

1

"今天的新书发布会就到此结束了，感谢大家的参与！请大家今后继续支持我们陆宇老师！"

伴随着编辑小楠的话语，我起身向台下的读者鞠了一躬，台下再次响起热烈的掌声。眼看发布会顺利结束，我心中悬着的那块大石终于落地。我接过小楠递来的矿泉水，猛灌了几口，长时间说话让喉咙产生的灼烧感得到了些许缓解。由于太过紧张，整个发布会我竟然一口水都没喝。

放下矿泉水瓶，我注意到小楠的目光似乎一直在我身上没离开过。

"老师刚刚讲得好好啊！太厉害了！"

"哪有哪有……"

小楠崇拜的目光让我一时有些不太适应。毕竟我以前的编辑有着面无表情冷漠大师的称号，不管你做得好不好，他都是那副表情。唯有拖稿不交的时候，你才能透过微信聊天的字里行间揣度到他脸上的愠怒。半个月前，他跳槽到另一家出版社担任副主编去了，接替他的就是现在这个看起来像是职场新人，其实已经是资深编辑的小楠。

恰逢我的新书《日月星杀人事件》出版，所以这次的新书发布会就交给小楠来安排。别看小楠平时一副人畜无害的萌妹子形象，实际上这样的场面她已经见识过无数次，整个发布会被她安排得井井有条。由于新书的核心仍是我所擅长的建筑推理，这次发布会的讲座主题便是关于建筑推理的。自己熟悉的领域，讲起来自然是得心应手。这次讲座原本定的主题是"一个不懂建筑的推理作家偏要写建筑推理，一个懂建筑的推理作家却不会写建筑推理"，前者指的当然是我，后者则是今天发布会本来打算邀请作为嘉宾的另一位推理作家。不过不知为何，发布会开始前一直联系不上他，所以最终我不得不一个人上台。这场意料之外的变故更加剧了我内心的紧张。

"还好今天书及时送到了，不然我们这个新书发布会可就没新书可发了。"小楠的语气略带些后怕感。

我对小楠的这番担忧深有体会，而这一切都源于一处校订上的失误。最初的试印本封底上出现了错别字，还好后来及时发现，除去一开始寄给一些作者和书评人的，剩下没有寄出去的试印本之后都回收销毁了。今天新书发布会现场所售的是刚刚从印厂发过来的没有错别字的版本的第一批新书。上午我们还在担心，所幸中午书及时送到，刚好赶上了下午的新书发布会。

"对了，陆宇老师，今天我们就不一起吃饭了，我待会儿想去拜会一下卡多老师。刚刚一直联系不上，我怕出什么事。而且卡多老师有一本新书也快截稿了，我顺便去了解一下进度。"

小楠口中的卡多老师就是今天一直没有出现的那位推理作家。小楠除了担任我的责编以外，一直以来都是卡多老师的责编。不过我和这位卡多老师不熟，只知道他成名已久。不久前他出版了一本推理小说，看书名像是包含了很厉害的建筑诡计，听说他本人以前也是一名建筑师，所以我当时收到编辑的赠书后，立刻就看了一遍。至今我还能记得当时看完这本书后的感受，那种货不对板的感觉实在让人难受。

"等等，我也一起去吧！"眼见小楠收拾好随身物品即将离开，我赶快补上一句。开完发布会，我也没什么事做，于是想着顺便拜访一下这位卡多老师也是个不错的选择。

小楠似乎没想到我会弄这一出，短暂犹豫之后还是答应了。之后，我们一同踏上了拜访卡多的旅程。然而谁也没有想到，等待我和小楠的，竟是一起血腥的杀人案件。

2

昨日下午，本市一位著名推理小说作家在家中被害。据悉，这位作家笔名卡多，近年来笔耕不辍，出版了多部畅销作品，广受读者好评。另据可靠消息，死者是被刺身亡，案发后数小时才被发现。巧合的是，案发现场的第一发现者是同一出版社旗下的另一位推理小说作家和他的编辑。目前本案仍在调查中，本台会持续跟踪报道。接下来请看……

我关掉电视，脑海中仍浮现着昨天下午前往作家卡多住处时所见到的画面。推开未锁的房门后，映入眼帘的就是那满地的鲜血。当时不光同行的编辑小楠发出恐惧的尖叫，就连我也感觉双腿失去了力气，差点儿瘫软在地。虽说我见过不少世面，但陡然遭遇这种事情，还是多少有些触目惊心。

"来，吃一个。"

这时，耳边传来一句人声。恍惚中，我下意识地接过叉子，从递到眼前的盘子中叉起一块水果，正要开口咬下去。这时我的眼神终于聚焦，同时也看清了眼前的东西——一块火龙果，紫红色的果肉上渗出了同色的汁水。只看一眼，脑海中的恐怖画面再度浮现，我差点儿吐了出来。

"默思！你……"

我向眼前这个一脸贱笑模样的家伙投去愤怒的目光。

"不吃就不吃，别扔啊！浪费食物！"

说着，他将那块差点儿被我扔出去的火龙果从我手中夺走，直接送入口中。他一边嚼，一边发出满意的声音。看到他这种态度，我备感无语，心想如果不是这家伙在负担房租，我早就搬出去了。

我在大约一年前搬入现在的住处，这里是一座欧式风格的别墅，可是由于死过人，租住的价格相当便宜。也是在那时，我再次遇到许久未见的陈默思。默思是我的大学室友，从那时起，他就展现出非凡的推理能力，破解过不少难题，甚至还帮助警方破获了一些案件。大学毕业后，我找了一份可有可无的工作，开始了朝九晚五的生活。我本以为我的人生会这样一直平淡下去，直到再次遇见陈默思，我们一起搬入现在的住处，再度成为室友。而之后的日月山庄之行，则是让我的人生彻底发生改变。我辞去工作，成为一名作家，同时也兼职做编剧。

虽说最近出版的《日月星杀人事件》让我收获了不小的人气，但总体而言，身为作家所获得的微薄收入仍不能完全抵消目前的日常开支。幸好默思主动承担了所有房租，而我的代价就是成为他的助手，协助他处理身为侦探的日常事务，同时帮他整理经手的各种案件材料。不过，这样也有意料之外的好处，我的推理小说创作有了充足的素材。迄今为止，我的推理小说大部分都是以陈默思为主角，而他也在我的读者群体中获得了一个"沉默侦探"的雅号，虽说他本人对此并不感冒。

默思吃完火龙果，直接将果盘丢进洗碗池，转身便拧开一瓶已经开封过的红酒，缓缓倒入一只高脚杯中。

"这个推理作家我之前见过。"

"嗯？"默思骤然冒出的这句话让我一时摸不着头脑，不过很快我就反应过来，"你说的是刚刚电视里播报、遇害的推理作家卡多？"

"嗯。"默思点点头，将木塞塞回瓶口，"之前协助警方调查的时候，遇到过他。他当时好像也在协助警方调查一起恶性杀人案件，不过……我不喜欢他。"

说到这里，默思皱了皱眉。

"这位卡多老师只会夸夸其谈，嘴里说的都是推理小说中那些过时的老套诡计。这些诡计写成推理小说还好，但如果真的用在现实案件中，恐怕也只能一无所获。"

对于默思说的这些，我深感赞同。毕竟到目前为止，我与默思也一起经历过不少案件，而这些离奇的案件中，大部分都不能以常理推之。

我正想回应几句，这时手机却收到了消息。发信人是出版社的编辑赵姐，她说今天小楠没来上班，问我昨天和她之间发生了什么。我们之间能发生什么？！我赶紧给赵姐回复过去，将昨天的遭遇解释一番。没想到收到的回复却是——"不管你们昨天遭遇了什么，你得负责把小楠哄好，让她赶快来上班。最近出版任务重，我们都快忙死了！要不是昨天给你弄那个新书发布会，小楠也不会这样，你得负责！"

我看着手机里的这条消息，眼前一黑。怎么弄到现在还要我负责？这不是凶手干的好事吗？如果不是凶手，卡多也不会被害，小楠也就不会看到那一幕，自然不会深受打击，以至于躲在家里不敢出门。

对……凶手，只要找出凶手，破获这起案件，小楠会不会就恢复原样了？

"喂，你这家伙，别用这种眼神看我……"

我看着正品尝红酒的陈默思，露出了"善意"的目光。

3

面对我的请求，默思最终无奈地同意了。在他的提议下，我开始回忆起昨天的遭遇。

"我试着推了一下大门，发现门没锁，只轻轻一推，门就打开了。当时我一眼就看到客厅中央躺了一个人，地上还有不少鲜血，印在同样鲜红的地毯上。看到这一幕，跟在我身后的小楠发出阵阵尖叫，不敢再度上前。

我鼓起勇气走了进去。躺在地上的是个中年男人，看起来已经死了，胸口处插着一块尖锐的玻璃碎片。整块玻璃碎片大概有巴掌大，不少血液从伤口那里流出，凝固之后将周围的地毯都染成褐色。死者前额也有一小处伤口，看来他和凶手发生过激烈的搏斗。我看向周边，不远处有一大片碎玻璃碴儿，旁边还有试衣镜的木框，看起来像是搏斗过程中打碎的。现在回想起来，死者胸口处那块作为凶器的玻璃碎片，很有可能就是其中一块碎裂的镜片。"

"哦？有点儿意思。这么说这很可能是一起临时起意的杀人案，凶手事先并没有准备凶器。"

我向默思点点头。

"整个客厅被翻得非常乱，二楼的房间也被翻过，看起来像是经历过入室盗窃。"

"你的意思是，原本凶手只是看家里没人，想进去偷点儿值钱的东西，没想到却刚好被回来的主人碰见，二人爆发纠纷，搏斗中凶手不小心杀害了屋主。"

"嗯，据说这也是目前警方的重点调查方向。"我肯定道。

"别急，你再想想，现场还有没有其他值得注意的地方。"默思点了点头，继续向我问道。

我闭上眼睛，仔细回想当时的场景。

"客厅很大，天花板上悬着一盏硕大的吊灯，下方是一个茶几，茶几两侧是沙发和电视……"

"茶几上有什么？"默思提醒道。

"一个果盘，还有……还有一个玻璃水杯。"

"水杯？里面有什么？"

"里面有一些清水，还有……等等，水杯上面好像有个唇印！"

默思满意地点了点头，说："如果我猜得没错，这应该是一个女人的唇印。"

我继续努力回想，脑海中的画面逐渐清晰。

"这个唇印有些泛红，说明留下这个唇印的人应该涂了口红。"

"看来我猜对了。"默思停了下来，又突然问道，"卡多是一个人住在那里吗？"

我想了想，说："卡多有妻子，但据说关系不好，分居后就搬走了。"

"哦？嫌疑人出现了。"默思点燃一根香烟，十分惬意地躺到铺有丝绒靠垫的躺椅上。

我是这起案件的报案人，所以比较关心案子的进展。正好警队又有熟人，我也想帮着提供一些思路，就软磨硬泡地问了一些消息。不过，对方只允许我和默思内部讨论，不能对外泄露。

默思说得没错，警方也在第一时间注意到了卡多的妻子。据说，她很快就提供了自己的不在场证明。

"不在场证明？来仔细讲讲。"默思突然来了兴致。

尸检显示，卡多遇害的时间是昨天下午一点到三点，但卡多的邻居提供了更为精确的案发时间。据卡多邻居说，当天下午两点半左右，她和孩子都听到了卡多住处传来的玻璃碎裂声。声音很大，所以他们十分确定。此外，卡多手腕上佩戴的一块机械表也停在了两点三十分，这块手表很可能是在死者和凶手搏斗过程中损坏的。也就是说，两点半很可能正是案发时间。但卡多妻子当天下午两点到三点间一直跟一个朋友在家聊天，中间仅仅离开过一次。据她所说是补妆，但也只花了不到十分钟。而这十分钟仅够她从家中到案发现场一个来回，根本不够时间杀人，更不用说她还要把家中所有物品弄乱，以此来伪装成入室盗窃案的现场。

听我说完这些，默思突然笑了起来。

"太刻意了，这一切都太刻意了。"默思吐了一口烟圈，继续说道，"这一切看起来都像是她先杀了人，然后再弄碎镜子，从而伪造了一个案发时间。"

默思说的这点，我当然也想过。有这样一种可能，卡多妻子实际上是在一点到两点之间去往案发现场，行凶后再弄乱房间里的物品，伪装成入室盗窃杀人。同时她也将卡多手腕上的机械表弄坏，将时间调整到两点三十分。在这个时间段里，她没有任何不在场证明，所以有充足的时间来完成这些。之后她回到自己家中，和一个朋友会面，以此来打造自己的不在场证明。在她离开的十分钟里，她回到案发现场，打碎客厅的镜子，让邻居听到，以此来伪造一个新的案发时间。整个推理过程看起来十分完善，却存在一个致命的问题。

"凶器。"默思缓缓说道，"要破解这个不在场证明，还需要解决凶器的问题。死者是被镜子碎片刺死的，也就是说整面镜子必须得在死者被害前破碎，凶手才能拿到这件杀人凶器。这是一件'穿越时空'的凶器。"

"会不会有这样一种可能，这块镜子碎片是凶手提前准备好的，根本不属于现场碎裂的那块试衣镜。"我提出了自己的想法。

"阿宇你说得不错，的确存在这样一种可能。但你应该听过一种说法，每一块破裂的玻璃碎片都是不同的。如果可以将现场碎裂的所有镜子碎片全都完整地拼回去，而唯独多了作为凶器的那块，那自然可以证明作为凶器的镜子碎片确实不属于现场那面试衣镜的一部分。"

默思提到了关键之处。目前警方已经在拼接这些破碎的镜子碎片了。但现场存在的镜子碎片实在太多，工作量想必不小，等完全拼好也不知道要到什么时候。

"除此之外，这种做法也有另一样好处，它可以排除另一种可能性。"

默思说的这个，我倒是从来没有想过。

"什么可能性？"我直接问道。

"你看过那么多推理小说，怎么连这一点也想不到？"默思见我实在想不出来，便提醒道，"我只提醒一次——藏叶于林，这下你应该能想到了吧！"

默思的提醒让我茅塞顿开。没错，我怎么忽略了这一点！推理小说当中有个十分经典的诡计样式，凶手之所以要在现场打碎一摊玻璃，并不是搏斗过程中偶然打碎的，而是他故意为之。目的就是用这一大摊玻璃碎片来藏匿其中的一小堆玻璃碎片。而这一小堆玻璃碎片，则是找出凶手的关键——比如眼镜。

"如果能将现场的镜子碎片完整地拼回去，至少也能排除凶手是个近视眼吧，哈哈哈！"

默思说完便自顾自地笑了起来，可他的冷笑话让我一点儿也笑不出来。

"说到这里，其实我更在意另一件事。"默思突然停了下来，他面色沉重地说道，"如果凶手真是卡多妻子，按道理她已经策划好这一切，甚至包括自己的不在场证明，那她为何会放过现场遗留下来的那个玻璃杯。也正是那个玻璃杯上的唇印，才让警方怀疑到了她身上。如果说她疏忽了，但她很有可能收拾了死者的水杯。正常来说两人会面，客厅茶几上应该有两个人的水杯才对，案发现场却只有一只水杯，而且还很有可能是凶手本人用过的。难道说凶手犯案后，特地收拾好死者的水杯，却留下自己用过的杯子？"

我看着躺在面前闭目思考的陈默思，脑子更加混乱了。

4

当天晚上，我还想找陈默思继续讨论这起案件，却怎么也找不到他人。不用想，他肯定又出去办案了。但我也清楚，光靠我一个人，根本不可能破解这个案子。我躺在床上辗转反侧，直到天亮才睡着。我做了一个梦，梦里我正在开新书发布会，现场挤满了我的狂热粉丝，大家嘴里都在喊着我的名字。我一手拿着新书，一手拿着麦克风，兴奋地说道："多谢大家支持，不然我这本书不可能刚出版就有一百万销量……"

不知何时，我终于醒来。下巴有些酸疼，这时我突然想起昨晚的梦，难道我就这样一边做梦一边咧嘴笑了一晚上？我苦笑着摇摇头，将这遥不可及的梦甩到脑后。我走进浴室，准备抓紧时间洗个澡。就在莲蓬头喷出热水的那一刻，我的脑海中突然闪过一个画面——同样是关于我的新书。那天在卡多被害的现场，离卡多尸体不远的红色地毯上有一本书，正是我刚刚出版不久甚至还没拆封过的新书，似乎是打斗过程中从旁边书架上掉落下来的。等等——还有一个更为关键的地方，卡多的右手攥着一张纸，上面似乎有血迹。而且在离卡多尸体不远的地面上，还有一本被撕掉封面的旧书，卡多手上的那张纸正是被撕掉的封面，如果我没记错，那本书好像是卡多当年的出道作。

等等——我关掉热水，思维急速运转。卡多临死前撕掉书的封面，将其紧紧攥在自己手中，这是不是说明封面上有很重要的东西，甚至能直接揭示凶手的身份？如果那本书是别人的作品，那我可能会猜测卡多是在暗示凶手是那本书的作者。但现在那本书就是卡多自己的作品，那么他要揭露的究竟是什么呢？

血迹！我的脑海中一阵灵光闪过。封面上的血迹应该不是卡多自己的，而是凶手的。卡多拼了命也想牢牢攥在手中留下来的证据，正是凶手的催命符！我为自己的发现感到兴奋不已，但很快就意识到了不对劲的地方。如果封面上的血迹真是凶手留下的，那么警方应该很快就能确定凶手——算了，不管怎样，我也得把刚刚的发现告诉陈默思，说不定他会有什么新的见解。

从浴室出来，我简单穿好衣服，没想到在客厅竟见到了陈默思。这家伙真是神出鬼没，行踪让人难以预测，昨天后来一直找不到人，现在又突然出现了。此时陈默思正躺在躺椅上，一边喝着咖啡，一边看着手中的书。这还真是十分少见的情况，一向不爱读书的沉默侦探，此时竟聚精会神地读起书来，而且还是一部大部头作品。我走了过去，来到陈默思面前，这才看清书的封面。竟然是卡多的作品，准确地说，是他的出道作。

"这本书写得不赖，核心诡计还算新颖，与他之后的作品相比，多了几分灵气。"

陈默思像煞有介事地品评起这本书。这时我才注意到，他身旁还放着好几本卡多的其他作品。

"怎么，还研究起推理小说来了？你之前不是说不喜欢卡多吗？"我揶揄道。

"破案的前提是你得充分了解案件本身，卡多既然是一名推理小说作家，他的作品自然也属于案件的一部分。"陈默思像煞有介事地解释一番。

这时他还想拿起另一本继续看，我赶快打断他，将自己刚才的发现以及那个疑惑说了出来。

"你的这个疑惑其实根本不算是个问题。"默思放下手中的书，笑着对我说道，"因为书封面上的血迹，本来就不属于凶手，而是死者本人的。"

"你怎么知道这个？"我惊讶道。

"你别忘了，我在警队也有很多熟人，我还是特别顾问呢！"默思一句一顿地说着。

这么说还真是这样了。但如果真是这样，那卡多为什么要这么做呢？我变得更加困惑了。

"如果血迹是卡多自己的，那他为何还这么在乎一本书的封面，死前一直紧紧将其攥在手中。难道是他弄错了？他误以为封面上的血迹是凶手的？"

"的确存在这样一种可能。"

"等等，可能这个封面不是卡多自己攥在手里的，而是凶手故意塞到卡多手中，以此来误导警方。"

"那你现在被误导了什么呢？"默思笑了笑，继续说，"我们只需要知道一点，所有的线索都不是无缘无故产生的。案发现场存在的一切不合理，都有其合理的解释。你刚刚的这些想法，只能说明死者或凶手并不太聪明，还算不上十分合理的解释。"

我刚想辩解一番，却被默思打断了。

"阿宇，你还记得案发现场除了你刚刚提到的那本被撕掉封面的旧书，还有一本你刚出版的新书吗？"

我当然记得，那本书应该是之前出版社寄给卡多的。刚刚洗澡的时候，我也注意到了这点。这两本书原本应该一起被放在了书架外侧，案发时打斗过程中同时掉到了地毯上。但我的这本新书好像和这起案件并没有什么直接关联。我将自己的看法说了出来。

"书当然不重要，重要的是书下面有一片脱落的红色指甲，落在红色地毯上差点儿分辨不出来。"

红色指甲？除了那个红色唇印，现在又多了一个指向卡多妻子的证据，如果那片红色指甲确实属于卡多妻子的话。

默思也看出了我溢于言表的兴奋，继续说："不过可惜的是，那片指甲上并没有任何残存的人体组织，因此不能提取出有效的 DNA 信息。目前没有直接证据可以证明那片指甲属于卡多妻子。"

果然是这样，我叹了口气。

"那片掉落的红色指甲断面切口不是很整齐，很可能是那种不是特别锋利的器具切断的。"默思继续说道。

"玻璃！"我大声说道，"应该是凶手拿着玻璃碎片当作凶器，刺向卡多时不小心切断的。"

"这确实是最合理的解释，不过似乎对我们破案并没有什么帮助。对了，提到玻璃碎片，你还记得昨天我们提到的碎片拼图吗？"默思突然转向另一个话题。

"怎么，这个后面有进展吗？"我关切道。

"那一地的镜子碎片，警方花了两天时间终于将所有碎片都拼好了。"

听到这个，我直接兴奋地挥了一拳，看来越来越接近案件真相了。

"阿宇，你别高兴得太早。拼好所有碎片后得到的结果是，那件凶器的确是整面试衣镜的一块碎片。也就是说，试衣镜先在打斗中破碎，之后凶手才用其中一块碎片当凶器杀害了死者。"

这么说，死者的确是在当天下午两点半遇害的，卡多妻子的不在场证明是成立的。她在两点半的时候，没有足够的时间去犯案。等等——还有一种可能。

"卡多妻子可以在两点前先将卡多弄晕，你看卡多额头上不是也有一道伤痕吗，就是那时候造成的吧。之后她有充足的时间用来伪造现场。两点半的时候，卡多妻子利用那短暂的十分钟再次返回现场，打破试衣镜，用碎片刺杀卡多。"

我对自己的这个想法感到十分满意，这样就可以完美破解卡多妻子的不在场证明了。此时耳边传来了默思的掌声。

"没想到阿宇你还能想到这一层，不过……"默思的这种态度让我感到不太舒服，"还有一条线索你可能不太清楚。人体受伤后，组织就开始自我修复。但死者额头上的伤口几乎没有自我修复的痕迹。而且卡多身上没有其他受伤痕迹，也没有被迷药迷晕的证据。也就是说，额头受伤后不久，卡多就被害了。"

竟然会是这样……我被这条新出现的线索直接击垮。就算卡多当时确实因额头受伤晕倒，但很快就遇害了，这就不存在我之前推测的那种情况——卡多先晕倒在地，凶手花大量时间伪造现场，过了一个小时之后再返回现场，打碎试衣镜，再用镜子碎片刺杀卡多。

"等等，会不会是这种可能……"我的脑海中又浮现出另一个想法，"这试衣镜原本就已经碎了一部分，其中一块碎片被用来刺杀死者，之后凶手再返回现场弄碎剩余的镜子，这就是邻居两点半听到镜子碎裂声的由来。"

"这个嘛……虽说这试衣镜确实是卡多妻子在搬走之前买的，但很难相信如果这镜子碎了一部分，卡多自己会一直都没有注意到。而且，"默思看向我，继续说道，"这个邻居家的小孩，每个周末的下午都会在家中练琴，当天刚好是周日。练琴室的窗户正好对着卡多家，透过窗户刚好能看到卡多家客厅的那一整面试衣镜。根据邻居家小孩的证词，当天下午这试衣镜一开始确实是完整的，直到某一刻他突然听到一阵玻璃碎裂声。他循着声音来源看过去，发现那试衣镜倒了，碎了一地。当时的时间正是下午两点半，可惜的是，他并没有看到卡多家里的任何人。"

也就是说，试衣镜确实是在两点半的时候才碎的，之前一直是完整的。但嫌疑人卡多妻子想要杀人，又必须在两点之前就拿到作为凶器的镜子碎片。难道真如默思之前所说，这件凶器"穿越时空"了？眼见我的猜测再次遭到否定，我对自己的推理能力产生了深深的怀疑。

"你先别泄气，这里还有一条线索。案发前几天，卡多不知从哪里购入了一把匕首。这把匕首并不值钱，它却随卡多家中众多的值钱玩意儿，一起消失了。"

啊啊啊……我的脑子已经完全混乱了。我看向默思，露出无助的表情。

"别急阿宇，我们现在来从头捋一遍。你仔细想想，这次的案件，我们遇到了哪些难以解释的地方。"

在默思的帮助下，我开始从头梳理，最终总结出了以下几点：

（1）**沾有唇印的杯子**。凶手犯案后为何不收拾茶几上自己用过的杯子，以掩饰自己的存在。此外，凶手反而将被害者的杯子收拾了。

（2）**一本被撕掉封面的旧书**。死者被害前撕下自己出道作的封面，将封面牢牢攥在自己手里。然而封面上的血迹却属于死者，并不是凶手的。

（3）**一面镜子**。客厅的试衣镜是在案发当天下

137

午两点半时碎的，其中一块碎片被凶手当作凶器用来刺杀死者。然而嫌疑人却在这个时间段内没有足够的作案时间。

（4）一块表。死者手腕上的一块机械表停在了下午两点半，与试衣镜破碎时间相同。

（5）一把匕首。死者购买的一把不值钱的匕首，在案发后随家中财物一起消失。

（6）一片脱落的红色指甲。指甲很可能是行凶过程中掉落的，但上面并没有留下 DNA 信息。

"阿宇，所有线索都已给出，接下来你应该能推理出这起案件的真相了。"

5

"等等，你的意思是，现在的线索已经足够推理出最终的真相了？"我对默思的说法感到十分诧异。

"嗯，也许你可以花上一些时间尝试尝试。"

说完这句话，默思就翻开手中的书，自顾自地看了下去。我见默思态度坚决，便没再说话。我坐在沙发上，开始思考这起案件背后的真相。除了之前我想到的那些可能，还有没有其他被我忽视的地方。然而这样的思考过程对我来说十分痛苦，不说最难解决的镜子之谜，就连杯子上的唇印和被撕掉的封面，我到现在也没想明白。

时间一分一秒地滑过，可我的思考还是没有太大进展，我觉得自己的推理可能缺少一个关键的开关。等我再度回过神来，我发现自己已经在窗前踱步很久，脚都已经酸麻。

这时手机突然铃声大作。我正心烦意乱，本想直接挂断，可一看来电显示，是编辑小楠打过来的。我想了想，最终还是接通了电话。

"陆宇老师，晚上有没有时间一起吃顿饭，我现在已经好多了，你被编辑部赵姐威胁的事我也听说了……你别太在意，今天我请客，算是表达歉意，明明是我自己的问题……"

电话那头的声音显得十分诚恳。我心想她总算恢复正常，看来她确实打算明天回去上班了，我也算松了口气。

"好啊，当然可以。不过你可得准备大出血了！"

我随口一说，准备反将一军。小楠这两天的一躲可把我害得够惨，我得找机会反杀回去。不对，等等……

"哈哈，可以，那我们定个地方……"

电话里小楠的声音仿佛渐渐离我远去，我的脑海里闪过一个新的想法，这让我激动不已。

"陆宇老师，你还在吗？喂……"

不知过了多久，我再度听到小楠的声音。

"你定个吃饭的地方，待会儿微信发给我。"

说完这句话，我再也顾不上小楠，直接挂断电话。我转头看向躺椅上的陈默思，此时的他也正略带好奇地看着我。

"怎么，想到了？"

我走到默思面前，正视着他。

"这其实不是一起案件，而是两起。"

耳边再次响起掌声，默思将书放到一旁，起身走到窗边，紧接着燃起一根烟。

"阿宇，你继续说。"

得到默思的认可后，我松了口气。随即整理好思路，继续说了下去：

"表面看起来，这是一起单独的杀人案件，而且很有可能是一起伪装成入室盗窃的杀人案件。凶手将所有房间翻乱，并带走很多值钱的东西，就是为了将现场伪装成有人入室盗窃，却和房主撞个正着，之后二人发生搏斗，盗贼不小心杀害房主，之后逃离现场。那么这个凶手是谁呢，难道真的是被害者的妻子？如果基于这种假设，那接下来我们的讨论就会涉及我之前总结的第一处疑点——那个沾有唇印的杯子。凶手犯案后处心积虑弄乱所有房间，就是为了伪造现场，但是她放过了一个最显眼的地方——自己用过的水杯，上面还有一个十分明显的唇印。她为何不收拾茶几上自己用过的杯子，以掩饰自己的存在？如果说她忘记了，但她又将被害者的杯子收拾了。"

"没错。"默思回应道。

"这里我们换个思路，把凶手和被害人的身份调换一下，如果凶手是卡多，被害者是卡多妻子，那么就说得通了。卡多在谋害妻子之后，为了掩饰自己当时来过现场的事实，将自己的水杯收拾干净，现场只留下妻子使用过的水杯。如果换成这种思路，我们甚至还可以解释第二个疑点。"我在这里停顿一下，继续说道，"这第二个疑点就是那本被撕掉封面的旧书。死者十分在意这个封面，被害前撕下这个封面牢牢攥在自己手里。他在意的当然不是封面本身，而是上面的血迹。如果这些血迹是凶手的，那么案件自然很容易告破。但实际情况截然相反，封面上的血迹属于死者自己，而不是凶手。这里我们换成刚才的思路，如果凶手和被害人的身份调换呢？卡多是凶手，他在与被害者的搏斗中不小心被击中额头，额头上的血液滴在书的封面上。为了让自己摆脱嫌疑，卡多离开现场前自然要处理掉那个沾血的封面。"

"这里我有一个问题。"默思突然开口问道，"一般来说，如果书上沾了自己的血，凶手只需要把整本书都带走就行，这里卡多为何非要撕下封面呢？"

面对默思的挑战，我没有丝毫慌乱，毕竟我内心早已有了答案。

"这里其实也有我的部分责任。"我摇摇头，无奈地说，"当天下午，编辑小楠原本邀请了卡多作为嘉宾来参加我的新书发布会，但没想到在此之前，他和妻子却在家中发生冲突。慌乱中，他误杀了妻子，随后想了一个办法，将案发现场伪装成入室偷窃。但是在这之后，他必须按时参加我的新书发布会，这样才能进一步摆脱嫌疑。只是这样的话，就没有那么充裕的时间留给他了。如果卡多携带一整本书，他还需要考虑怎么处理这本书，要知道那可是他的出道作，一本大部头作品。所以综合考虑之后，卡多最终选择只是撕掉沾血的封面，这样更方便他之后处理。但是谁都不会想到，卡多刚刚撕下封面，意外就发生了。"

"'尸体'复活了，哈哈！"默思大笑道。

"没错。正当卡多小心翼翼撕下书的封面时，倒在他身后的妻子却突然原地'复活'了。原来卡多妻子只是受伤昏迷，并没有死亡。卡多误以为自己已经杀害了妻子，所以才会急于伪造现场，摆脱自己的嫌疑。之后卡多妻子乘其不备袭击了卡多，他不幸被镜子碎片刺中胸口身亡。这也就是我一开始所说的，这里其实发生过两起案件。第一起案件是卡多杀害妻子未遂，第二起案件是卡多妻子杀害了卡多。卡多妻子离开的时候，忘记清理自己留下的水杯，这才留下了那个唇印。"

"很好。"默思满意地点了点头，"不过就算这样，你之前总结的第三个疑点似乎仍然存在。"

我当然明白，推理进行到这一步，试衣镜的难题还是没有解决。客厅的试衣镜在案发当天下午两点半破碎，其中一块碎片被凶手当作凶器用来刺杀死者。然而嫌疑人却在这个时间段内没有足够的作案时间。如果凶手在两点之前作案，她又拿不到作为凶器的镜子碎片，毕竟试衣镜是在下午两点半碎裂的。这是一个两难的问题，毕竟凶器不可能穿越时空回到过去。

"所以阿宇你的答案是什么？"

"藏叶于林。"我盯着默思，一字一顿地说道，"这还是昨天默思你提醒我的。推理小说当中有个十分经典的诡计样式，凶手之所以要在现场打碎一摊玻璃，并不是因为搏斗过程中偶然打碎的，而是他故意为之，目的就是用这一大摊玻璃碎片，藏匿其中的一小堆玻璃碎片。"

"可是刚刚一开始我已经说了，警方已经拼好所有的镜子碎片。包括作为凶器的那一块在内，所有碎片刚好组成一块完成的试衣镜。似乎并不存在你口中所说的那'一小堆玻璃碎片'。"

"这是因为凶器本身就是试衣镜的一部分。凶手原本就持有这块镜子碎片，行凶后打碎试衣镜，以此来掩饰凶器的来源。"

"可是根据证人的说法，两点半之前，试衣镜可是完完整整的，并不存在任何缺陷。凶器尺寸也不小，可是有巴掌大呢，我想证人不可能轻易看错。"

"如果再加上另外四个字呢——化整为零。"我对自己的这个想法十分有信心，"试衣镜其实一开始就不是完整的镜面，而是用更小的碎片进行拼接的（示意如下页左图），只不过拼接缝隙非常小，一般人根本不会注意到。而且在这种拼接方法之下，整个镜面与试衣镜镜框之间还留有非常小的间隙，可以将其看作长度很长，宽度却很窄的长方形间隙。这就是我所说的'零'。凶手打碎试衣镜后，原本的碎片碎裂得更小，之后凶手再将凶器也留在现场，警方为了能够将所有碎片拼接起来，采用了另一种拼接方法。在这种拼接方法下，作为"整"的一块巴掌大的镜子碎片，也能完美地拼接到一整块试衣镜当中（示意如右图）。通过这番操作，凶手成功营造了凶器'穿越时空'的假象。"

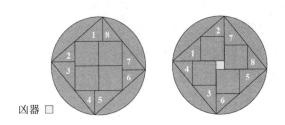

凶器 □

"Bingo！你的想法和我完全一样！"默思高兴得笑了出来。

此时的我仍完全沉浸在自己的推理当中。

"解决掉第三个疑点，之前我所总结的其他疑点便也迎刃而解了。第四个疑点是一块表，死者手腕上的一块机械表停在了下午两点半，与试衣镜破碎时间相同。很显然，这是凶手故意调整的时间，为的就是误导真正的案发时间。第五个疑点是一把匕首，死者案发前购买的一把不值钱的匕首，却在案发后随家中财物一起消失。很显然，这把突然出现的匕首，也是卡多妻子没有想到的。试想一下，如果她没有带走这把匕首，就会造成一种困惑，凶手为何宁愿把试衣镜碎裂产生的碎片当作凶器来杀人，也不愿用一把锋利的匕首。此时有人可能会想到，会不会是凶手必须得用镜子碎片杀人，用匕首就不可以。如果有人想到这一步，那他离真相就近了一步。显然，这是凶手不愿意看到的，于是她最终选择带走了这把匕首。"

"没错，合情合理。"默思也赞同地点点头。

我深吸一口气，接着讲了下去。

"至此我们就能还原当天所有案件的原貌。卡多妻子下午两点之前来到案发现场见到卡多，二人在客厅聊天，原本就感情不和的二人当天再次爆发冲突。冲突中卡多额头受伤，鲜血沾到了一本书上。之后卡多凭借体力优势击倒妻子。卡多当时以为妻子身亡，为了逃避罪责，便弄乱现场，造成入室盗窃的假象。之后他收拾掉自己用过的水杯。正当卡多撕掉沾有自己血迹的封面，准备将其带走时，妻子从晕倒的状态中恢复，再次袭击了他。卡多妻子手中的镜子碎片刺中卡多胸口，卡多身亡。在这之后，卡多妻子立刻联系自己的好友，她回到自己家中，制造两点到三点间的不在场证明。在她补妆的十分钟内，她往返现场，打碎了试衣镜，营造案件发生在两点半的假象。"

"阿宇，卡多杀害妻子很可能只是一时冲动，毕竟看起来他什么都没准备，就连之后的入室盗窃伪装都是如此拙劣。即便之前买了一把匕首，也没用来行凶。那么卡多妻子杀害卡多是早有准备，还是一时冲动呢？"

"二者应该都有。"我给出了自己的判断，"卡多妻子搬走之前，就已经定制了那块试衣镜，这说明那时她就已经考虑到为今后犯案时制造不在场证明的手法了。对她来说，只要选取一个周末下午，就可以达到犯案的条件。她需要邻居小孩这个证人，她知道这个证人每个周末下午都会在家练琴，可以给她的不在场证明提供支持。我也不清楚她当天下午来到卡多家时有没有犯案的念头，也许她确实有这个念头吧，毕竟当天她确实携带了作为凶器的镜子碎片。但很显然她完全没有想到卡多会袭击她。在杀死卡多之后，她自己也陷入慌乱，虽然带走了部分财物用来延续卡多自己制造的入室盗窃伪装，但她忘记了一份最重要的东西——她自己用过的水杯。这遗漏的关键证据，直接导致她成为本案的第一嫌疑人。"

说完这些，我如释重负般地长吁一口气。

"阿宇，恭喜你成功破获了这起案件！"默思拍了拍我的肩膀，再次向我祝贺道，"看来你这助手超过我这个侦探也是迟早的事咯！哈哈哈！"

我不好意思地挠着头，这时手机铃声却再度响起。我拿起手机，看到一个熟悉的名字。不好！我好像忘记了一件十分重要的事情……

"抱歉默思，我有事得先走了！"

我这边说着，人已经冲到门口。接通电话后，耳边传来小楠刺耳的声音。

"陆——宇——老——师！"

我一边接着电话，一边开门往外走去。眼角的余光瞥到默思那里，他面无表情地看着我，似乎想说些什么，可最终也没有说出口。

6

其实，默思在第一次和我讨论案情之后，就去了趟警队，主要是去印证自己对镜子碎片拼接的想法。结果如他所料，警方也很快破解了这一手法，攻破了卡多妻子的不在场证明。

所以，当我们再次讨论案情时，卡多的妻子已经被正式逮捕了，罪名是故意杀人。从警队了解到更多案情的默思，只是单纯为了考验我这个助手的推理能力，才继续陪我玩完这场"推理游戏"。

原本大家以为这起案件就这样结束了，没想到还牵扯出了更多内情。

原来卡多妻子以前也写过推理小说，他们夫妻二人正是因为这个共同的爱好才走到一起的。卡多赖以成名的出道作，其中的核心构思就是卡多妻子提供的。得知这一点后我才终于明白，难怪之前默思说卡多的出道作比之后的作品多了几分灵气。这之后，卡多也越来越出名，积累的财富也越来越多。但有时钱多并不是好事，卡多妻子最终发现丈夫出轨的事实，二人爆发激烈的争吵，最终分居。在屡次争吵中，卡多妻子扬言要揭露卡多曾经剽窃自己的创意，这让卡多恼怒不已。而卡多屡次出轨的事实，也让卡多妻子心生怨恨，最终衍生出了杀意。这一切都在那天下午爆发。二人再次因为出道作的创意归属问题爆发争吵，之后引发了肢体冲突。在冲突过程中，一向爱美的她甚至连自己的指甲脱落都没注意到。也是在这一过程中，卡多伤口流出的鲜血滴到了出道作的封面上。也许，见证这一切的书籍本身那一刻也在哭泣吧。

　　卡多妻子被捕后提供了很多证据，用来证明卡多那本出道作确实涉嫌抄袭。整件事发生之后，这本书的出版方一下子忙碌起来。卡多毕竟是一位著名推理作家，他的出道作又是代表作，至今仍有很高的销量。光是召回这本书就已经让出版社忙得焦头烂额，背后的损失更是难以统计。小楠更是向我大吐苦水，早知道这样，她就不回去上班了。她父母最近双双生病住院，她还得抽时间去照顾。对此我只能报以同情的目光。

　　"陆宇老师，你的新作什么时候完成啊？我们出版社重获新生可就指望你了，一定要写出超过卡多老师的作品！"

　　面对出版社赵姐的嘱托，我也只能敷衍过去。毕竟本格推理现在基本没有市场，而我所擅长的还是其中更为冷门的建筑推理。更重要的是，关于新作的构思，我至今仍然毫无头绪。

　　从出版社回到家后，忙了一天的我只想倒头就睡。

陈默思这家伙今天似乎又出门去了，房间里并没有他的踪影。我看向窗边，陈默思专属的那张躺椅上似乎放了一本书。我走过去，这才注意到是我不久前才出版的新书，而且还是试印本，封底上有错别字。陈默思这家伙，什么时候弄到了这个。试印本原本就印数不多，而且发现错别字后大部分都封存销毁了，我自己留有一本，不过早就不知道放哪儿去了。上次见到这个版本，还是在卡多遇害的现场……等等，我的脑海里闪过一道亮光，关于卡多被害一案，我们似乎并没有完全破获……

之前我总结了案发现场留下的六个疑点，前五个已经得到合理的解释，第六个疑点却一直被忽视了。案发现场掉落了一片红色指甲，但上面并没有发现 DNA 证据，也没有直接证据证明这片指甲属于卡多妻子，因此在后来的案件推理中，我一直将这个疑点忽略了。但回过头来细想，这里却存在一个大问题。

这片脱落的红色指甲断面切口并不整齐，很可能是玻璃碎片切断的。如果真是这样，那只有在两种情况下会发生这件事。第一种可能，卡多妻子拿着事先准备好的玻璃碎片当作凶器刺向卡多，这期间玻璃碎片划过指甲，指甲断裂掉落在地毯上。第二种可能，卡多妻子在制造不在场证明，返回案发现场砸碎试衣镜时，不小心让玻璃碎片割裂了指甲，之后掉落在地毯上。根据卡多妻子被捕后的说法，她当时十分慌乱，根本没有注意到自己指甲掉落的情况。

指甲本身并没有问题，有问题的是发现这片红色指甲的地方。陈默思之前提到过，这片红色指甲被发现的时候，被压在一本书下，也就是我刚出版不久的新书。我的那本新书和卡多的出道作在打斗过程中一起掉落到地毯上。卡多在打斗过程中不小心将妻子击晕在地，同时他也受伤，鲜血滴到他出道作的封面上。为了摆脱嫌疑，卡多将案发现场伪装成入室盗窃，将封面撕下准备带走，这时妻子醒来反而给了他致命一击。但问题在于，指甲是在这之后才掉落到地毯上的，而我的新书在一开始卡多袭击妻子的时候就已经掉落在地，无论如何都不可能发生指甲被压在书下面的情况。

除非……除非有人动过那本书。书被移动之后，不小心压在了指甲上面，原本毫不相干的两个物件重叠到一起，这才造成现场的那种情况。卡多妻子说自己根本没有意识到指甲掉落，自然不可能发生在寻找过程中移动书的情况。而在卡多妻子离开之后，警察到来之前，只有两个人到过案发现场，那就是我和小楠。我根本不想怀疑小楠，但目前的推理让我不得不这么做。

可是小楠……小楠她为什么要移动那本书呢？移动……不对，如果说移动，不如说拿走比较妥当。就像卡多发现自己的血液沾到书的封面上，他便撕下封面想要带走，只不过之后发生了意外，他被袭击后封面也留在了现场。那对小楠来说，当时发生了什么意外？

想到这里，我顿时明白过来——我就是这个意外。那天下午新书发布会结束后，小楠本打算独自一人前往卡多家中，只不过我当时硬要陪同，小楠才勉强答应。现在回想起当时小楠的表情，确实有种勉为其难的感觉。那天到达卡多住处后，一进门我就在客厅看到了卡多的尸体，自然也注意到了离尸体不远的我的那本新书。如果那时小楠趁我不注意，偷偷拿走那本书，事后警察询问时万一我发现这一点，她的这种做法就会引火烧身。所以她最好的做法就是替换掉那书，用她特地带来的新书将地上的那本换掉。在替换的过程中，她无意间移动了书的位置，压到了本就在地毯上的指甲。由于指甲本身是红色的，几乎完全融入地毯的红色海洋中，小楠当时并没有注意到。

那小楠当时为何非要执意拿走那本书呢？只有一种可能，那本书上有她留下的相关信息，对她极为不利。会不会跟卡多一样，不小心留下了自己的血液？不对，在我的印象中，当时看到那本书的时候，上面没有任何污渍。也就是说，她留下的东西是人肉眼所观察不到的，但警察调查之后就会发现。这么说是指纹？也不对，那本书原本就是编辑部寄给卡多的，上面留有小楠的指纹也不奇怪，她大可以解释说是当初寄书的时候留下的，甚至说是之后去卡多家中做客时留下的也行。如果不是指纹，那这个无形的关键信息究竟是什么呢？

我突然想到，也许关键不在于书上留下了什么，而在于书本身。如果说，当时那本书留在现场就是个错误呢？编辑部最初寄给卡多的是新书的试印本，由于校订失误，封底上出现了错别字，这些没有寄出去的试印本之后都回收销毁了，而后来的正式印本把这些错误都修改了过来。那天新书发布会现场所售的书都是刚刚从印厂发过来的没有错别字的第一批新版本的样书，当天中午才寄到出版社。如果说当时留在案发现场的书，正是刚发过来的那批新书中的其中一本呢？那就说明案发前不久，有人特地带着那本书前往了卡多家，并且将书留在了现场，嫌疑最大的人自然就是卡多的责编小楠了。而且当天我的新书发布会原本就打算请卡多作为嘉宾，小楠提前去拜访也是十分有可能的。

也就是说，小楠很可能在新书发布会期间意识到了这一点，她发现自己在现场留下了一本原本不应该出现在那里的书。所以发布会一结束，她就打算前往案发现场将那本书拿走，只是她没想到我会一起跟过去。于是她换了另一个思路，将那本书替换成有错别字的版本，就可以排除自己案发前去过卡多家的嫌疑。

只是……她为什么要这么做呢？卡多妻子已经承

认，是她杀害了丈夫。如果小楠案发前去过现场，她既然没有作案，大可以坦诚地说自己案发前确实去过，而不用费尽心思去将留在案发现场的那本书换掉。这么说只有另一种可能——案发当时小楠也在现场！她亲眼见证了卡多谋害妻子却被妻子反杀的悲剧，然后出于某种缘由，并没有在案发后选择报警。而这种缘由，我唯一能想到的就是金钱贿赂。据说小楠的父母身体不好，最近住院花了很多钱，她的确有经济上的压力。不管是卡多还是卡多妻子，发现自己犯罪之后，都会选择用金钱来堵住小楠的嘴，而小楠最终也选择了妥协。所以为了帮助隐瞒事实，她必须让自己脱离这起案件，掩盖自己案发前去过现场的这个行为。

我将手中的书放回躺椅，双眼紧闭，一时间不敢相信自己刚刚的这番推断。等我再次将目光移到这本书上，我突然意识到了一点，也许默思早就想到这点也说不定，不然他也不会特地找出这本错版试印本。也许那天的那番推理结束后，默思想对我说的也是这些吧，只是最终他并没有说出口。这就是他的性格。毕竟现在案件已破，卡多妻子也承认犯罪事实，她肯定也不会再给小楠付封口费。总的来说，小楠并没有犯下什么实质性的罪行。

这时，我的手机收到一条信息，正是小楠发来的，她打算约我吃饭，顺便聊聊新作的构思。我深吸一口气，决定将刚刚的那番推理忘掉。也许，这是一段完全错误的推理也说不定呢。也许，那本被移动的新书只是卡多妻子犯案后不小心踢到造成的移位。也许，真相就是这么简单。

7

这之后我又经历了一段繁忙的时光，直到另一个年轻女性联系我，我才好不容易有机会走出书房透透气。

"阿宇，你要点什么？"

我看向坐在对面身穿白领套装的年轻女性，随后扫了一眼她递过来的咖啡店餐单，点了一杯常见的卡布奇诺。坐在我对面的这位曾经的大学学妹也是毫不见外，点了好几款点心，今天正是她约了我。几天前，这位许久未见的学妹突然在微信上联系我，表示有事要谈。

"关于你刚刚提到的失踪三百多年的财宝谜案，你还知道些什么吗？"

面对我的疑问，学妹只是笑呵呵地回应了一句"保密"。我还想继续追问，就听到玻璃店门"哗啦"一声被打开了。

"抱歉，我来迟了，哈哈！"陈默思那爽朗的笑声从身后传来。

作者简介

青稞，推理作家，推理小说代表作"陈默思探案"系列散见于《推理》《推理世界》等国内知名推理刊物。

2017年，长篇推理小说《巴别塔之梦》入围第五届岛田庄司推理小说奖决选；短篇推理小说《推理作家的逆袭》获第三届华文推理大奖赛二等奖。

已出版推理小说：《死者AI》《巴别塔之梦》《钟塔杀人事件》《日月星杀人事件》《死愿塔》《溯洄》《土楼杀人事件》。

朱公案之魔蛊凶咒

广 思

广思的选择

沾有唇印的杯子
脖颈上奇怪的文身
一本被撕掉封面的旧书
一片脱落的红色指甲
一面镜子
一把匕首

大明万历年间，有位蒙古女子叫乌斯哈拉，偶然结识一位天朝寻访使朱大人。只因朱公擅长断案，此女子颇为惊奇，便要跟定了做亲随。怎奈凶案险恶，朱公多次回绝。一日，这女子游历中原，在邸报得知朱公调任湘西后，便乘快马追去。

路上无话，数日后此女子便到了一处山寨，四周围古木葱茏，正不知路径，忽听得一阵歌声。循着声音看去，只见一个蓝衣女子，头上包巾，顶着一头银饰，脚踝上也戴着银铃，踩着一双草鞋，正在那儿采茶叶。

乌斯哈拉连忙上前施礼，问道："小姐姐有请了，敢问这是什么去处？离湘西还有多远？"蓝衣女子一抬头，乌斯哈拉不由得眼前一亮，果然相貌清丽非常，一双笑眼放出光来，仿佛要沁到人的骨子里。

蓝衣女子道："看姐姐穿着并非本地人士，此处便是湘西。"

乌斯哈拉又忍不住上下打量，问道："看你的打扮，也不像是汉人。"

蓝衣女子笑道："此山唤作蚩尤寨，住的是蚩尤之后，我们都是夜郎国遗民，唤作獠人，在此已隐居了数百年。"

乌斯哈拉也道："我也不是汉人，是从塞北来的蒙古人，叫乌斯哈拉，小名叫琪琪格。今天遇到漂亮姐姐，想必是要交好运了。"

蓝衣女子道："本以为塞北都是匈奴人，近日才知匈奴人早就没了。我叫蓝莺，是这寨子里的巫女。不知你从塞北赶到这么偏僻的地方，却是为何？以前这里从没有塞北人来过。"

乌斯哈拉道："我要去这里的州府，找新上任的朱大人。"

蓝莺一听"朱大人"三字，顿时来了精神："我们也想见朱大人，只是还没来得及进城。你若是见了，可帮我问些事情吗？"

乌斯哈拉一拍胸脯："只管说来！"

蓝莺突然低眉垂眼，说道："我有个姐姐叫蓝鹃，不久前嫁给了前任州官沈大人。可是娶亲当夜，沈大人暴毙，我姐姐也不知所终。坊间传闻，沈家来了个纸人新娘，进门后就烧起大火！"

乌斯哈拉听得一惊："竟然还有这种事，怪不得朱大人要突然调任此处，想必是因为他擅长破这等妖怪案子。"

蓝莺接着道："还有一件事，几年前有个荆州来的武者马正龙，在我们这里杀伤二十三条人命，后来被捕。我们多次要求官府将此人交给本寨，可都未成功，听闻正是朱大人拿获此人，还请将此事传达。"

乌斯哈拉点头道："这两件事我一定帮你问，不知朱大人答不答应。"

蓝莺道："只要说了，便感激不尽。"又给她指了进州城的路。二人正要分别，蓝莺又突然叫住道："姑娘，你从中原不远万里赶到湘西，想必那位朱大人对你十分重要，你对那位朱大人也应当是一样的。"

乌斯哈拉一吐舌头："他对我倒是重要，反过来我就不知道了。他总说让我别参与办案，太过危险，也不知道是不是搪塞我。"

蓝莺道："姑娘莫多想，朱大人肯定是真担心你。"二人施礼分别。

山路虽然难行，可蒙古马快，只一个时辰便进了州城。乌斯哈拉腹中饥饿，便进了一家大客店，唤作辰州楼，一眼就看见一个文士，手拿草帽，正和掌柜攀谈。乌斯哈拉一步便跳到近前，大喜道："朱大人！"

朱公没防备，不由得一惊，随即又定神道："原来是乌斯哈拉姑娘，别来无恙，你如何到了这里？"

"我来帮您破'纸新娘'的案子！"

朱公道："甚好甚好，我也正向这掌柜问此案详情。"

二人听掌柜一番细讲，方知原委。原来上任沈大人，名流字伯清，自打到任以来，便发现此地獠人自成一体，不受官府管辖。后马正龙落网，獠人多次要人，沈伯清不敢答应，就去蚩尤寨中示好。没想到一来二去，沈伯清见蚩尤寨蓝鹃甚是艳丽，便要纳为妾室。蚩尤寨长老们也乐得联姻。按照獠人婚俗，向来是半夜抬轿过门。

只因山路难行，新娘子白天便住到辰州楼中，晚上再由四个獠人轿夫抬到沈宅，只有一个同乡婆子和一个敲锣的引路。当晚周围多有百姓观看，可是沈家门口不许人接亲，新娘子也不与客人们见面，而是直接抬到洞房。四轿夫与婆子、锣手走后，沈大人在客厅与亲友们喝得半醉，走进新房，却只听一声惨叫，众家人赶去时，那轿子正烧得起劲。好容易灭了火，沈大人已经没了气，那轿子也烧了大半。

乌斯哈拉也道："我在来的路上碰见蓝鹃的妹妹蓝莺，说她姐姐活不见人死不见尸，也请我帮忙打听。所以，这次咱们注定要一起做事了。"

朱公道："此案甚是诡异，你不怕吗？"

"怕什么，你以前的那些案子，也没有不诡异的。"

朱公点头道："既然如此，你随我去看看沈大人的洞房。"

乌斯哈拉欣喜道："走，我便和朱大人一起进洞房！"

朱公哭笑不得："这话不能随便说，你还要好好学中原话。"

乌斯哈拉突然回过味儿来，却还嘴硬道："我知道，我故意这般说的！"

朱公道："严肃点儿，咱们这儿查案呢！"

朱公领着乌斯哈拉来到州府后院，见装点甚是华丽。再找到沈大人当时的洞房，仵作张汐、书吏文明、师爷何隐正在屋内查看，见朱公来，齐齐施礼。

文明眼尖，一下看到朱公身后的女子，便叫道："你果然追到这里来了，看来是跟定我们了。"

"我是受了失踪人家属的嘱托，帮忙一起查案。"

仵作不等二人继续拌嘴，直接走到中间，向朱公禀告查验情况：自案发后，这房中只是抬走了沈大人的尸首，其他分毫未动，封存至今。那烧了一半的红绸轿子，也放在屋内。旁边桌子上有一个灯盏，根据奴仆所说，这就是沈大人屋中的物件。书架上有一本书封面被撕去，看上去断口还十分新鲜。此外，院中还发现了一把大匕首，有七八寸长，刀刃是普通镔铁，只有刀尖处是精钢的。沈家原来的仆从，如今已经走了大半，只有少数几个还留在此处。

朱大人往破轿子里一看，不由得吃了一惊。只见里头有一堆灰烬，隐约能看出个人形，最上边还留着半个纸扎的脑袋，仅剩的一只眼睛，画得栩栩如生。

朱公又看了看轿子上没烧完的绸子，摇头道："沈大人也不像是缺钱的人，怎么轿子皮这么薄？内衬还弄个黑色的。"

文明尴笑道："这估计是此处讨小老婆的规矩。"

仵作又道："此外，属下去地窖中看了沈大人的尸身，用纯碱盖着，不曾腐败。沈大人身上略有烧伤，脸上有烟熏之色，只是都不致命。依属下看来，似乎是过度惊吓，心脉阻塞而死。"说着又拿出填好的验尸单，"沈大人左手虎口有轻微烫伤，而且是死前新添的。此外，这间屋子里的摆设虽然整齐，却也有被翻动过的痕迹。"

书吏忙问道："您怎么知道这屋里被翻动过？"

朱公道："这个简单，你们看桌上的茶具。"

书吏往桌上一看，桌面正中有一只茶壶，像只猫头鹰一样正对着他。

书吏突然一拍脑袋，笑而不语，只有乌斯哈拉一头雾水，忙扯住朱公问缘由。书吏一边解释，一边笑道："汉人讲究，茶壶嘴尖锐，若是冲人摆放，不大吉利。因此通常都是冲着门窗。"

朱公又道："你们再看这几个茶杯，都是桃花色的。可是有一个杯子有点儿怪。"

师爷凑近仔细看了看："上边似乎有些油脂痕迹。"

仵作道："这是人的唇印。新娘子想必是嘴上涂了红色口脂，喝水时上面沾了一些，虽然看似擦干净了，但过一阵水印儿彻底晾干，依旧会显出痕迹。"

朱公点头道："喝水的只能是活人，纸人是不会喝水的！可见这屋子里当时除了沈大人，还有别人。看来……"

乌斯哈拉听了，抢先道："看来是有人要找什么东西？应该是找了有一段时间，累得口干舌燥，才喝水的。"

朱公笑道："正是如此。"

几人正说着，杜捕头从外面大踏步进来，高声回禀："大人，您让我调查的事情，我都问清楚了。"

朱大人顿时站直了身子："快快讲来。"

杜捕头道："这个沈大人，虽不曾与人结仇，但是也遭了些非议。只因他办案草率，本地民众背地都叫他'审不清'。之前他去蚩尤寨视察，那儿的乡民们有事向官府请愿。沈大人不好答应，就想着和那里的女子结亲，从此都是一家子，以后他多多照应这些山里人，一天云彩也就散了。"

文明撇嘴道："他倒是想得美！"

杜捕头又道："我还在街头碰见一个说书的，正说前一阵发生的实事，叫'辰州楼死尸抬轿，沈家宅纸妻闹婚'。那天晚上引路的敲锣人，名叫敖将，是城外蚩尤寨的人，平时专门做赶尸匠。四个轿夫之所以步履僵硬，皆因他们都是死人！"

众人听了，不由得都打寒战。

乌斯哈拉忍不住问："大喜的日子，如何用死人抬轿子？真是晦气！"

杜捕头道："据说，只因那新娘子蓝鹃不是一般人家的姑娘，家里辈辈出巫师巫婆，之前也从不与外族通婚。此次沈大人也怕娶她进门，带进来些不好的东西，因此蓝家出了个主意，让敖将引四个死者抬轿，且都戴着狰狞的面具，这叫作'吓鬼四方阵'，其他邪物便不敢跟着了。"

何师爷道："原来如此，这赶尸人平时若是领着尸体走，要敲锣或摇铃，最忌讳有人围观，否则便容易阳气过盛，产生尸变。因此，那次大家只看到新娘子上了轿，后面不敢跟着看。那会不会新娘子本来就是个纸扎，只因有盖头，大家才没发觉？"

杜捕头一拍手："这我也想到了，你猜怎么着？"说着，故作神秘，眼神向周围一扫。大家都被吊起胃口，唯独朱公笑而不语。杜捕头见朱公这反应，也故意不说。

朱公看了看众人，道："想必那天是有不少人都看见了，那个后来变成纸人儿的新娘，上轿子时是自己会迈腿的！"

杜捕头道："对，就是这样！那个说书人讲，可能是蚊子精之类的东西，把新娘子吸干了，因此变成一层皮，就像纸一样。"

朱公不禁哑然失笑："这江湖艺人，只会信口开河。若是他来看了，就知道这真是纸人了。"

杜捕头又接着说："还有一件事，有个衙役之前是沈大人的跟班，订婚时他跟着沈大人去了蚩尤寨。他说寨子的祠堂里供着一个奇怪的酒盅，订婚前要喝一口。"

朱公问道："订婚的日子是？"

杜捕头答："沈大人心急，订婚之后隔了一天，就接蓝鹃到家里了。"

朱公道："看来，咱们需要去蚩尤寨中一探究竟。要想知道沈大人被害一案的真相，最好让那些人把当夜的情况重演一遍。"

乌斯哈拉抢先道："我之前去过一回，也正好见过蓝鹃的妹妹蓝莺，这次可以让我去，轻车熟路。"

杜捕头急道："我们几个大男人在，怎么能让你去？"

"你们都是官人儿，难免引起他们猜忌，唯独我既不是官吏，又不是汉人，正合适。"

朱公道："说得也确实有些道理，那就有劳姑娘了。"

"不妨事，我现在就去。"

杜捕头阻拦道："若是现在出发，没准天黑也回不来了。还是明天去好。"

乌斯哈拉道："放心，我的马快。"说着就往外走。

朱公突然叫道："乌姑娘，若是你在人群中碰见蓝莺，还能认出来吗？"

"当然可以，她长得很有特点：身材不高，面皮白净，尤其那双眼睛。"

朱公问道："她眼睛怎么了？"

"眼神十分清澈，但是眼角却又满是妖气。"

朱公道："那你此番前去，可要小心了，若是探听不出什么消息，速速回来。"

乌斯哈拉别了朱公，飞身上马而去。仗着马快心急，不多时便到了蚩尤寨。

到了寨门口，正看见有个中年獠人，身形瘦削，坐在一块大石头上削竹子。

乌斯哈拉上前打听蓝莺家，那人道："这个好办，我领你去。"

乌斯哈拉跟着他来到蓝莺家的竹楼门口，正见蓝莺往外走。蓝莺一见她来，便笑容可掬："刚还在念叨你，怎么突然就来了。快请进来！"上来便拉着她的手往里走。

乌斯哈拉道："上次你托我问的事情，我问到了一些。"

蓝莺停住脚步道："哦？你快说说。"

乌斯哈拉道："根据那天晚上看接亲的人说，上轿时新娘子虽然脸上有红盖头，可腿是能走路的，此时还是真人。可到了沈家之后，就变成了纸人。"

蓝莺问道："你们可知这是怎么回事吗？"

"若要弄清原委，最好还是从头到尾把那天的情形排演一遍。"

蓝莺道："这个倒是不难，最开始时，沈大人接亲前一天先来这里订婚，喝了我们的酒。只是……"

乌斯哈拉看她欲言又止，忙追问："这酒有什么不一样的？"

蓝莺道："这酒没什么不一样的，只是酒盅有些别致。"说着，领乌斯哈拉到了堂屋正中。

这里有个小神龛，不见神像，只有一个镶银边的翠玉酒盅，比拳头还大些，荧荧放光。

蓝莺道："这就是我们蚩尤寨的圣物，叫作魔盅，沈大人就用这个喝的酒。"接着，又讲了那晚情形：沈大人多次收到獠人请愿，便来蚩尤寨安抚，见到蓝鹃貌美，便想要纳为妾室。獠人向来不与汉人通婚，寨中长老便出了个主意，请出魔盅让沈大人用。原来这物件，只要在用它饮酒时许愿，便有求必应。

当时沈大人一听，顿时喜出望外，拿住魔盅便要倒酒。旁边一个老婆婆道："大人有所不知，这魔盅不是善物，虽然能帮人，但一定要取走一样对你来说要紧的东西。"沈大人想了想道："若说要紧，那便是钱了，它即便把我的钱都取走，我也受得住。"他坚持要用它喝一盅。几个獠人取来一个大琉璃瓶，里面都是些毒蛇、蝎子、蜈蚣、蟾蜍、蛤蚧、山龟、土鳖、黄蜂等，还有许多不知名的草木药材。沈大人虽然有些惊诧，也知道这些都是大补的，为了这门亲事，也一口干尽。

乌斯哈拉听蓝莺讲后，深感好奇，问道："沈大人用它许愿，被夺走性命。我若是也这样，是不是会有同样的下场？"

蓝莺笑道："姑娘多虑，这个魔蛊虽然凶恶，可是相邻两次不会夺走同样的东西，因此伤人性命之事也是极少。"

"那我也来一杯，权当重演一遍。"

蓝莺睁大眼睛问："你也会饮酒？不知酒量如何？"

乌斯哈拉朗声道："还有谁比我们塞北人还能喝酒的？这里的酒，只当作糖水下肚！"

蓝莺眉毛一挑："看来你是有大愿要许。"说完，就满上一杯。

乌斯哈拉接过酒杯，心中默念了几遍"望长生天保得我梦想成真"，脑袋一仰，便喝尽了。

蓝莺笑道："姐姐好酒量，当日沈大人是喝了一盏茶的工夫，才喝完的。"

乌斯哈拉也笑道："我是不太信这酒蛊有神通，它到底是什么来历？"

蓝莺道："我们这里有五仙教，外人称作'五毒教'，你可听说过？"

乌斯哈拉略一点头："这倒是有所耳闻。"

蓝莺道："这魔蛊本是上古巫医用来炼蛊的，常有各种毒虫进入，有道是'一虫为虺，二虫为蚰，三虫入皿便为蛊'。毒虫在这里互相咬斗，不知有多少死在里面，加之巫医法术加持，便有了神力。只是这终究是个恶物，我们也轻易不用。"

乌斯哈拉又问："你之前可用过这个？"

蓝莺道："还不曾用过。因为到目前为止遇到的事情，大多可依靠我自己的法术解决。"

"你也会法术？能让我看看吗？"

蓝莺歪嘴一笑，乌斯哈拉顿时觉得身上一阵恶寒。

再说朱公在衙中，久等乌斯哈拉不来，不觉天已擦黑，朱公与杜捕头在沈大人房中的铜火炉上烧了些茶，随意配些当地果子吃了，无非橙、橘、椪柑之类。

眼看到了亥时，朱公只好安排杜捕头在隔壁住下，自己则在沈大人房中休息，脑袋里不住琢磨纸新娘的案子，不知不觉就到了子夜时分。

忽然，夜空中一声唢呐响，朱公顿时被震得一激灵，好在是和衣而睡，忙起身出门查看。

只见院内雾气蒙蒙，一个戴着鬼脸的人站在门外，手拿一支唢呐，身后有四个轿夫，一般头面，抬着一顶红轿子。

朱公心中疑惑道："这唢呐声音如此响亮，为何杜捕头还不醒来？此人平日里最为机警。难道……"

不等朱公多想，轿子里便传出女人的声音："朱相公，来接亲了！"

朱公惊道："你是什么人？"

只见一个顶着盖头的红衣女子缓步走出，道："相公，我是乌斯哈拉啊！"说着，一阵诡笑。

朱公听这声音的确是乌斯哈拉的，可就是鬼气森森。

趁朱公愣神之际，那女子上前一把拉住朱公腕子，朱公看那涂着丹蔻的手，只觉得一阵冰凉，好像死鱼质感，忙抽身后退几步。

那女子的盖头里依旧传出怪声："相公，你躲什么啊？"

朱公眉头一皱，叫道："我早知道，你不是人！"说

181

着壮起胆子，上前要扯那女子的盖头，谁知竟然没扯动。

朱公往后退了几步，突然回身探入屋门口，用火钳夹着一块炭出来，喊声："跨个火盆去去邪气！"便把炭丢将过去。

那唢呐手忙用唢呐挡开，红衣女子则后退几步，又坐回轿子里。

朱公笑道："既然送亲来了，如何不进屋？"见那几人都不动，朱公挥舞火钳，便向他们打去。

唢呐手往旁边一闪身，四个轿夫都颠手颠脚，抬着轿子往后跳。

朱公打中前头轿夫的额头，只听"扑刺刺"一声响，那轿夫"哎哟"一声，脑袋瘪了一大半，却还在喊疼。

一旁的唢呐手从腰间褡裢摸出一个白面馒头来，冲朱公喊声"姑老爷，吃个阴间的馒头！"，便往他面门砸来。

朱公一闪，那馒头打到院中树干上，顿时爆出一股浓烟。朱公怕其中有毒，忙一边用宽大的衣袖遮脸，一边退回房门旁。待到烟雾散去，却不见那几个人的踪影。

朱公略感遗憾，将房门反锁，回到床上躺着。一翻身忽然看见床上躺着个人，就着月光一看：面色惨白，一袭红衣，正是乌斯哈拉！

朱大人仗着胆子，伸手探了一下，并无鼻息，又推了一下，感觉十分僵硬。再仔细拉拉她的手臂，也都拉不动，朱公只好把她拖起来，搬到书桌上，又仔细看这姑娘的嘴唇，并不十分干燥。

朱公走到隔壁门口，喊了声"杜捕头"，只听屋里应了一声，捕头一骨碌跳起来，马上推门出来，问道："大人，怎么了？"

朱公道："你来我屋里。"

杜捕头道："大人您三更半夜叫我来屋里，忍不住让我多想。"

朱公道："一会儿你不论看到什么，都别激动。"

杜捕头道："您放心，就算是看见一个鬼新娘在屋里，俺也坐得住。"

二人刚一回朱公卧房，杜捕头就吓得叫了一声，随即看着朱公道："这蒙古姑娘，没了？"

朱公轻轻摇摇头。

杜捕头急道："我就说那地方蹊跷，早知道便不让她一个人去！这才几个时辰……"

朱公拦住道："你说得没错，这才几个时辰。我听仵作说过，人死后，半个时辰到一个半时辰后，由头颈部开始僵硬，两三个时辰后遍及全身各大关节。六到十二个时辰后，小关节也僵硬，之后则慢慢变软腐烂，身体壮实者僵硬的速度还要更慢些。可是乌姑娘浑身僵硬得厉害，这显然不合常理。此外，人死后嘴唇发紫，可是这具尸体嘴唇是苍白的，也不太干燥。从表面看来也没有伤口，不像是失血过多而死的。只是她现在僵硬得厉害，也无法脱下衣服检查。"

杜捕头道："大人还有心思分析这些？"

朱公道："要是不好好分析一番，将来怎么给她家人交代，怎么给咱们自己一个交代？"说着又趴近了看看，顿时皱起眉头，"她这牙齿，看上去也不太亮……"

杜捕头道："大人，要不我把仵作找来？"

朱公道："先不必，如果我没推算错的话，后半夜他们还会来。你且在我屋里等着。"

杜捕头道:"好,他们若是不来,我明天就点齐所有衙役,再向守备借兵,踏平他们山寨。"

朱公苦笑道:"依我看,那些山民,好像也没那么坏。"

杜捕头一怔,恍然大悟,"噌"的一下站起来:"朱大人,我明白了,刚才獠人送来尸首,你看那獠女貌美,也和沈大人一样动心了,想要两边和亲,化干戈为玉帛是吧?乌姑娘为了找你,从中原追到湘西,现在你倒想另起炉灶,你、你……"

朱公伸手止住道:"杜捕头,你莫非要说脏话吗?"

杜捕头一甩脑袋,猛跺了一下脚:"不,我只是想说一句粗话!"

朱公见杜捕头这样,不由得开怀大笑,这场面杜捕头也极少见到,连忙凑近问:"大人,属下知错了,您莫不是急疯了?"

朱公笑道:"你用双手托一下它,就知道怎么回事了。"

杜捕头双手一抬那尸体肩膀,突然双目圆睁:"大人,您看,这后背衣服上有几个字!"

朱公上前一看，原来是："速出榜文，昭告州城内外，通缉颈上有文身者。此姑娘必可还魂。"

杜捕头问道："难道有人暗中帮助咱们？"

朱公捋须道："咱们先不要按照字上说的做，免得打草惊蛇。"

杜捕头问："那……大人有何良策？"

朱公道："明天你让何师爷去买骨灰罐与纸马，文明去四处报丧，张仵作去请一群哭丧客来充门面，就说乌姑娘得了急病去世，担心传染而火葬，总之越热闹越好。"

杜捕头道："大人，虽然我不知道您葫芦里卖的什么药，我每次也全都照做，可是这次您的主意欠点儿意思。"

朱公眉毛一扬："能说出这话来，看来你心智有所提高，你且说说？"

杜捕头笑道："若是办白事，须得师出有名，总不能说她是您朋友的妹妹，就这么大操大办。我看说是您未婚妻如何？"

朱公摇头道:"我是朝廷命官,不好如此,要不就说是你的未婚妻吧!"

杜捕头道:"朱大人,您一沾乌姑娘的事情,怎么就糊涂了?哪有一个捕头的亲属弄这么大阵仗的?"

朱公低头想了几眨眼的工夫,便道:"你说得没错,这次便这么办,我正好可以借口心中悲痛,躲在后边,由师爷待客收礼。"

忽然,朱公又对杜捕头道:"咱们去院中找找有没有馒头碎渣?"

二人找了一番,杜捕头只看到一棵树下有一片肉一样的东西,用手一碰就变成了黏液。

杜捕头皱眉道:"这是什么妖物?难道是太岁?"

朱公道:"看上去像是胶泥——等等,你先把它收起来,再去房屋附近看看有没有什么怪泥土。"杜捕头照做,朱公不再多言。

翌日,杜捕头依计而行。不多时便有不少附近的头面人物前来吊唁。朱公藏在后宅,让师爷把骨灰罐和牌位安排在灵棚当中,领着几名衙役全力接待。其中有几个药材商、皮货商、布商、文具商想借机开通批文，负责以后官府采买，都被师爷以白事当先推脱掉了。

那几个商人赔笑道："师爷若是能够通融，我们自当有心意送上。"

师爷道："现在府内办白事，不宜收红包。"

那几个人道："这是单给师爷的白包，但收无妨。"

师爷推脱不过，只得收下，又细问了那几人的店铺地址，晚上悉数上交朱公。

朱公拿过那几个白包，一一看过，突然一拍大腿："何师爷，你立大功了！我现在就给那几个商人准备批文，由你送过去。"

当日晚间，朱公依旧在沈大人房中歇息，尚未睡着，忽听得有人敲门。朱公抬头一看，只见月光下，门纸上映着一个影子，酷似人头，悬在半空，正一下一下地撞门。

朱公惊道："外边是何方妖孽？"

外边有一女声道："大人听过落头氏吗？"

朱公问道：“莫非你们便是能身首分离的飞头蛮？早就听说南方有异族，夜里脑袋离开身体，用耳朵做翅膀飞行，天明才回去。”

外边笑道：“正是，大人可出来相见。”

朱公道：“我怕你们偷袭，你们且退到十五步外。”只听外边挪了几步，门上的影子也消失了。

朱公听得一声“请大人出屋”才开门缝往外看。

只见院中依旧雾气蒙蒙，站着一高一矮两人，高的约有九尺，矮的只有四五尺，都戴着傩戏面具，一身青布宽袍。高个子捧着一个黑漆盘，上边盖着一大块深蓝布，飘散着垂在两边，布上放着一个球形物件。朱公仔细一看，正是乌斯哈拉的人头！

朱公忙上前几步，又看盘中的人头虽然双目紧闭，口鼻却一呼一吸，似在熟睡。

旁边的矮子发出男声，道：“朱大人，这位姑娘已经被我们变成飞头蛮，能头身分离一夜而不死。可是现在有盘子挡着，头身无法复合，只能等着殒命。您若是想让我们放她的头回去，得用一样东西换。”说着拿出一张黄纸，上边写着不少歪曲符文，又道，"您若是能在上面盖上大印，我们便还你一个囫囵姑娘。"

朱公冷笑道："你们休想欺骗本官，乌姑娘已经没了。"

那高个子肩膀一耸，发出女声道："我们用法术重塑了她的肉身，就像用莲藕做哪吒，这您总知道吧！"

朱公道："好，我姑且信你们，可是官印现在不在我手中，实在不能盖上。我给你们一样其他东西，剁我一只手，如何？"

那高个子听了，望了一眼矮个子，又看向朱公道："好，想不到朱大人也是条好汉，那就这样办吧！"

朱公正色道："好，一言为定。"说着起身回屋，拿出一柄快刀来，左手腕上也牢牢扎上一条麻绳。

那高个子上前一步道："朱大人，果然是行家。"

朱公笑道："捆上点儿，免得失血过多。"说着不等分毫，一刀便砍断自己左手腕，伤口顿时鲜血淋漓。

那矮个子急得跺了一下脚，想要上前查看，被高个子拦住。

朱公满脸扭曲，痛得抱住胳膊，在地上扭成一团。

高个子道:"好个朱大人,我们也说话算话!"说罢一转身,只听一阵五金磕碰之声,那高个子便拖着一个全须全尾的乌姑娘,轻轻放到朱公面前。

朱公正要与他搭话,杜捕头突然从屋里冲出来,大喝一声:"贼人休走!"

那人吓得往后跳了一大步,和矮个子纵身一跃,翻墙头逃走了。杜捕头没这般灵便身手,气得顿足捶胸。

朱公见状,问道:"你怎的如此着急?"

杜捕头道:"我是怕他伤了大人,也怪我,如此一来,线索又断了。"

朱公笑道:"也不算是完全断了,刚才那人靠近我的时候,我闻到他呼吸之中,有一股特殊的酸味。"

杜捕头惊道:"难道说,那是个山西人,爱喝醋?"

朱公摇头道:"不,这不是醋的酸味。另外,我还嗅到一种类似蒿草的味道,还有米酒味。对了,你先看看乌姑娘怎么样了?"

杜捕头扶起她来晃了晃,乌姑娘打了个哈欠,睡眼惺忪地醒来。朱公看她脖颈,果然有一圈勒痕,像刺青一样。

乌斯哈拉睁眼一看朱公那染血的袖子，又看地上一只断手，顿时号啕失声："朱大人，你这手怎么了？"

朱公笑道："不妨事，你人没事就好。"

乌姑娘哭道："手都断了，怎么还说不妨事？"

朱公道："明日我自有应对之法。杜捕头，你看乌姑娘的头发都乱了，给她找顶帽子来。就用我之前的草帽吧。"

次日天明，师爷前来禀报："那几个商人拿了批文，个个都十分欢喜，只有一家有些不安心，反复询问。"

朱公道："这家商人是不是没约你在店铺见面，反而约在酒楼客栈？"

师爷道："正是如此，我们在辰州楼见了一面。"

朱公道："我猜是那个文具商。"

师爷惊道："大人如何知道的？"

朱公道："我让文明跟着你了，虽说他还没回来。"

师爷道："大人竟然会'千里传音'之类的法术？"

朱公笑道："等文明回来便知。"

正说着，文明走了进来，报道："大人，我奉命查了那几个商人的情况，其中那个文具商，之前自称是墨宝斋的东家，可是他和师爷见面完毕，并没有回墨宝斋，而是出城了。我又问了墨宝斋旁边的邻居，这家店已经半年未开门了。"

师爷道："那你把他跟丢了？"

文明一吐舌头："那人脚程极快，出了城后又上车了，我确实跟不上。"又瞥见朱公左手收在袖子里，忙问道："大人，您这手是怎么了？"

朱公道："有些小毛病，我已派仵作送信给蚩尤寨的名医，请他们来给我医治。对了，你把我的那些医书药典都拿来给我看。"

文明摇头道："大人真是有病乱投医，哪本书也不能让断手复原啊！"

不多时，仵作也回来了，见到朱公，满脸羞愧道："大人，獠人们都说，大人的手治不了。"

朱公道："也不算你办事不力。既是求人，我们一起登门拜访便是。你们叫上杜捕头，再带几个衙役。"

仵作连忙领命。杜捕头立即跑来，震得地板山响，刚走到门口便叫道："大人，使不得，你这一去，万一有个好歹……"

朱公道："我想，他们并不是太坏的人，你们难道不相信本官吗？"

文明道："不是不相信大人，是不太相信那些獠人。"

朱公道："不信的可留下，信的跟我走，我们下午就去。"

师爷问道："那现在大人还要准备什么？"

朱公道："上街买一对活兔子，装入竹笼带上。再派几个衙役放出话去，说要寻找一个九尺高的女人和一个五尺高的汉子。"

师爷等人追问缘由，朱公便把这几夜所见都叙说一番。

用罢午饭之后，朱公先派一名衙役去蚩尤寨蓝莺处报信，自己则与师爷、书吏、仵作、捕头一起歇息了一阵，便套车出发。

寨子大门前，蓝莺早与几个乡民在等待，见朱公到来，齐齐拜道："朱大人大驾光临，不胜荣光。"

旁边一个瘦高汉子，横擎着一根丈余长的竹竿，高声道："贵客来，先喝杯拦门酒！"

蓝莺拿起一只空心水牛角，笑道："这竹竿叫作酒枪，要倒满牛角杯。若是客人接过，要一口气喝干。"

杜捕头上前道："我来喝这杯。"

瘦高汉子用嘴一吹竹竿一端，另一端便流出米酒来，灌满牛角。

杜捕头面露难色，蓝莺道："若是由本村姑娘拿着喂你，便只用喝一口。"

杜捕头道："我还是自己喝吧！"接过牛角来一饮而尽，笑道，"这酒倒是甜得很。"

众獠人一阵大笑，拥着朱公等人往里请。

蓝莺道："这是我们寨子里特有的紫茵陈糯米甜酒，别处都喝不到。"

朱公几人在寨子中心的大竹楼坐定，原来此处便是蓝莺家，楼梯楼板全是竹制，墙上也挂满了竹篾斗笠。

195

朱公道："本次前来，主要有两件事，第一件事是想请这里的高手巫医，来治一治我这断手。"

蓝莺满面愧色道："之前已经向您的仵作说明，我们这里治不了。"

朱公道："听说贵处有一件圣物，叫作'魔蛊'，借之许愿，有求必应，此物能让我的左手复原吗？"

蓝莺叹息一声："此物虽然灵验，可是每次要夺走人一样极为重要的东西。沈大人丢了性命自然不必说，之前我们有乡民用它许愿，结果不能再为常人，变成了飞头蛮，也就是一种怪人，每夜脖子整齐断裂，头部飞走。若是不能在天亮前接回，便只能丧命。"

文明问道："他们的脑袋是非要飞走不可？"

蓝莺道："这就如同梦游，不受本心控制。"

朱公沉思道："昨夜我还见得一个飞头蛮，可惜没能抓住。蓝姑娘可会那种把飞头蛮变为普通人的法术？"

蓝莺道："这法术有些难，我也只有两成把握。或许我姑婆可以。"说着便看旁边一个老婆子。

朱公道："这位姑婆可是北方人所说的婆母娘？"

那姑婆笑道:"老身是她本家的姑奶奶,一辈子无儿无女,哪还有儿媳妇? 不过话说回来,老身也只有六七成把握,不敢说次次能成。"

朱公道:"既然如此,那便更要一试,不入虎穴,焉得虎子? 还是请出魔蛊吧!"

蓝莺与姑婆惊得面面相觑,约过了小半盏茶的工夫,姑婆对旁边的瘦高汉子道:"敖将,你去把魔蛊请来吧。"敖将面露难色,却还是照做。

朱公接过魔蛊,忽然将它收入袖中,问姑婆道:"老人家,本官若是砸碎了这魔蛊,又会如何?"

姑婆慌忙起身:"大人莫要开这种玩笑! 这是要遭报应的。"

蓝莺倒是颇为镇定:"大人,这里是竹楼,楼板全是竹子,酒蛊碰在上面,碎不了的。"

朱公举出酒杯道:"刚才只是耍笑,师爷,把咱们葫芦里的药酒拿来满上。"

师爷拿来葫芦,倒出一杯来,朱公一饮而尽,低声道:"这酒确实有些劲儿。"

蓝莺笑道："大人心中可要做好准备。"

朱公道："我刚才其实许了两个愿望，一是希望我左手复原，二是希望能用我最心仪的女子性命来替代。"

蓝莺道："大人，这一次只能许一个愿望。"

朱公道："没人试过，怎知不能如此许愿？"

朱公还要接着说时，忽然面露痛苦之色，抖作一团，似乎左臂有蛇虫啮咬，又好像十分使劲的样子，不多时，解下带血布条，只见左手完好如初，只是有些苍白。

周围人见状，都是一阵大惊，唯有蓝莺面不改色，道："朱大人好手段。"

朱公回敬道："这是贵处的圣物显灵，朱某又有什么手段？"见蓝莺不再接话，朱公又道，"若说目前最心仪的女子，恐怕就是蓝姑娘了，若是魔蛊真灵验……"

旁边姑婆听了，手中碗都吓得拿不住，忙看蓝莺。

朱公忽然紧张道："本来我也没想到这圣物能有用，随便起了个誓，真不是有意为之。"

姑婆凑近蓝莺，悲声道："莺子，这恐怕一天之内就要应验了，你有什么愿望，我们一定帮你。"

蓝莺抬头看看房顶道:"我想吃房上挂的老猪。"

姑婆道:"好,好,今天我们便破个例!"

杜捕头悄悄问师爷道:"常言道:'男子发誓做得到,母猪也往房上跳。'这猪还真能在房顶上?"

师爷道:"肯定是腊肉之类的。"

姑婆转身对朱公等人道:"我们这边的习俗,将整猪杀了清理干净,吊在房顶,每日烧饭烤火用烟熏着,数年后才取下吃。如今房顶这头老猪,已经有十余年了。"

朱公低声道:"恐怕它都没活那么久。"

敫将同两个汉子取下房梁上的整猪,已经被熏成乌木色,表面还有一些霉。几人刷洗了半天,才弄得干净些,而后切块下锅,待煮熟后,每人一碗汤,里面两块肉,唯独朱公与蓝莺碗里的肉都堆满了。朱公下不去嘴,分给杜捕头等人,杜捕头四人也直摇头。

朱公看着蓝莺吃完了肉,对姑婆道:"老人家,这魔蛊当真有神力吗?"

姑婆哭丧着脸:"老身年轻的时候也不以为然,可是时间久了,也不得不信。您想想看,即便是许愿背后有人力所为，为何每次都能成呢？想必还是有神力扶持。"

朱公说了声"好"，又问敖将道："那日蓝鹊出嫁，可是你敲锣的？"

敖将道："正是小人。小人还赶了四个死者当轿夫。"

朱公道："那四个死者，如今何在？可否让我们仵作查验一下？"

敖将道："他们都入土为安了，不宜再看，免得尸变。"

朱公道："本官还没看过赶尸，可否找些新丧的死者来展示一下？"

敖将推辞道："大人不怕遭害？"

朱公道："我这里有御赐金牌、尚方宝剑，哪里还有镇不住的妖邪？这里如果没有新丧的，本官便去监牢的义冢，取一些死去不久的囚犯尸首来。"

敖将道："既然如此，还是用我们这里的吧。大人稍等。"说着，叫上几个兄弟出去了。

不多时，敖将换了一身巫师行头，敲着锣走来。身后边三个僵尸，脸上都贴着符咒，每个都伸直双臂，扶着前边的肩膀，第一个扶着敖将肩头，小步跳着走到楼口。

朱公等人靠近观看，就见那三个僵尸都穿着长袍，露出的面皮都是青蓝色，又有一股腐臭味扑面而来。

杜捕头去掀开头一个脸上的符咒，果真是个死者，五官都已经有些变形。

蓝莺走近道："现在朱大人可以相信了吧？"

朱公道："有些东西混在一起，我们便容易以偏概全了。"

敖将问道："大人这话是什么意思。"

朱公笑道："我们确实闻到了尸体的味道，但人的鼻子，很难分清这味道到底是哪里来的。"说着又一手一个，掀起后两个僵尸脸上的符咒，看上去也都是死者面貌，只是最后一个瞪着眼睛。

朱公又摸了摸三个僵尸的胳膊，忽然掀起其中一个的袖子，道："我早就觉得这胳膊有问题！"

众人围上来一看，原来三个僵尸胳膊下，用麻绳绑着一根长竹竿，穿过肩头衣服的破洞，从袖口出来；另一侧也是照方抓药，正将三个穿成一串，敖将肩头也扛着两根竹杠的一端。

杜捕头一个箭步上前，扯开麻绳，头两个僵尸顿时倒在尘埃里，只有最后一个还站着。

敖将满脸尴尬道："最后这个是我用药水泡过的，因此足够僵硬。"

朱公上前扯了一下那僵尸的上眼皮，道："若真是泡过药水，那上眼皮怎么还是软的？"

敖将道："当时只把身子泡在药水里，没有泡脸。"

朱公道："那还请把药水拿过来，把他倒立放进去泡着看看，是何种成效。"

杜捕头心领神会，就去搬那僵尸。那"僵尸"突然怪叫一声，转身就跑。杜捕头哪里肯放，一把抓住其后衣领，下面来了个绊腿，当时一声脆响，摔得那"僵尸"挤眉弄眼。

敖将也赶上去一看，随即顿足道："二伢子，你怎么在这里搞这些恶作剧？"又对朱公行礼道："这是我表弟，他年纪小，只是在这里装成僵尸胡乱耍。"

朱公等人刚要接话，敖将又抢先道："不过这样一来，冲撞了鬼神，一个月之内便不能再赶尸了。"

朱公笑道："你这一番好道理，着实无懈可击。本官也十分感谢众位乡亲，请我们看了几场好戏！"

蓝莺强作笑脸道："朱大人说话怎么有些阴阳？我们山民没什么心眼子，还请大人直说吧。"

文明拦在前面道："要想听我们大人说话，还是到衙门去吧！"

朱公却喝止道："本官但说无妨。咱们先说说沈大人遇害的案子，与赶尸类似，四个轿夫有三个是活人，一个是纸人。只要跑时上下晃动，便不易看出来。"

姑婆道："那天上轿的新娘子可是活人，怎能与纸人替换？"

朱公道："那天轿子要走到一个黑巷子，虽然只有几步路在阴影中，可是如果练过几次，确实能在这短短的时间内调包。轿子内衬也是黑的，可以遮光。新娘刚入轿子就换了衣服，那个轿子后背的布可以掀开，便将纸人放了进去。等到沈大人看到纸人后，吓晕了过去，因此蜡油也留在手上。你们在屋中寻找东西，可惜没找到，就在沈大人的屋中放起火来。因此又有后边几场戏。"

敖将道："那为何不能是沈大人自己失手放的火？"

朱公道："屋子里的茶杯、茶壶和书籍都动过，可见你们在屋里活动了较长时间。因为沈大人进屋后一定会先去看轿子，如果是他失手点火，你们在其中便不好找东西了。"

敖将道："这也不能说明就是我们。"

朱公不理他，只道："第二场戏，是乌姑娘突然回到宅中，与死人无异，但嘴唇却不干燥。只因死者不会呼气，嘴唇皮肤最薄，失水也最快，可是你们赌我不会让仵作解剖。但我和杜捕头搬动时，发现这姑娘很轻。若是一百多斤的正常人，本官恐怕无法将其随意搬动。但人手对重量的估算往往不准，尤其是多人搬东西时。因此本官断定，这并非真人，用蜡烛略烤了烤它脚底，发现这是个蜡像，再拆开来看，骨头却是真的，只是有些陈年。因此我假意声称已经火葬了乌姑娘，用蜡像的手假装断手，又用红柑橘汁水装成血，灌在骨头的髓腔中，反正天黑你们也看不清楚。这次的四个轿夫全都是纸人，而轿子没底，是轿中人端着轿子走的，因此看上去就是四个轿夫同时进退。"

杜捕头问道："可是，为什么他们来的时候吹唢呐，只有大人能听到？"

朱公道："这个其实也不难，早在他们第一次来到沈大人屋中找东西时，或许还更早，就想到将来要偷听些消息。因此在床下靠墙壁处挖了一个小洞，又填入一个黄铜小喇叭。喇叭大口对着床底，正好是放枕头的地方，小口冲着墙外，平时用泥土遮掩，也不引人注意。只要对着那喇叭吹气，便能发出响声，可是只有我觉得那声音大，别人可听不到。你们正是利用了众人的短处，因为人对声音的判断也常常不准。"

杜捕头问："可是那纸人被打了脑袋，还会说话，想必也是这个道理？"

朱公道："正是如此。都是口技。"

文明又问："那奇怪的馒头又是什么？"

朱公笑道："我看了药物典籍，那叫马勃菌，一碰便会爆炸，随即就烂成泥。"

蓝莺道:"朱大人说了这么多,可抓到罪魁祸首了?"

朱公道:"那高矮两人,虽然听声音是男矮女高,但实际上由于面部遮挡,我并没有看见两人动嘴,而是从他们的手势猜测。可这恐怕又是他们的计谋,这俩人在我面前耍起傀儡戏来,一个人说话,另一个人就做动作。而我们则会被你们牵着鼻子走,去找一对罕见的男女。"

蓝莺道:"我们可不会做什么傀儡戏。"

朱公道:"可是你们会做飞头蛮子的戏法!"

姑婆问道:"难道朱大人也知道这类怪人?"

朱公道:"门上映出飞头的影子,其实不难,只用一根长竹竿挑着假人头,借着月光便可做出这种效果,与皮影戏类似。我们看皮影时,也看不到杆子。"说罢示意师爷,只见师爷端上一个木盘,上边放了一对兔头,只是还不住眨眼动耳。

文明道:"这飞头蛮的把戏,我们大人也学会了。"

朱公环视一周,指着屋角墙上的银饰道:"我久闻你们擅长打银器,想必做银镜也不在话下。那天你们在一个方形箱子里面装人,外面贴上银镜,拐角对着我,

206

两侧再用布遮盖，因为银镜反照，看上去下半截便和高个子的衣服融在一起。箱子顶上有个洞，人头露在箱子外边，看上去就是手托着木盘，盘上有人头。由于箱子顶上的洞需要夹紧箱内人的脖子，便在脖子上留下了奇怪的印痕。随后你们转身打开箱子，便把人留了下来。"

蓝莺听得脸上变色，从牙缝中挤出一句："即便如此，只能说是我们有能力做，却不能说定是我们做的，大人可有证据？"

朱公道："高个子靠近我时，我闻到一股特殊的气味，现在细品，就是蚩尤寨特有的酸肉和紫茵陈甜酒的味道。茵陈的气味与蒿草近似。"

敖将道："獠人都吃这些，也不能说就是我们。"

朱公道："还有一点，那高个子转身要走，我拔下假手上的红色指甲丢向他，有一片指甲扎在他的斗笠之中，想必这斗笠还挂在墙上面，本官已经看到了……"说着起身就向墙上查看。

蓝莺、敖将与几个年轻獠人，登时都站了起来。杜捕头等人看出事情不妙，也连忙护住朱公。

蓝莺道："朱大人，既然您心思聪敏，想必知道，就凭你们五人，也带不走我们，不如此事就此作罢，大人莫要难为我们，我们也绝不难为大人。"

朱公大笑道："蓝姑娘还觉得，可以以多欺少吗？"说着一挥手，一支飞箭从楼外射进来，正中蓝莺帽子，屋内人全都吓得僵住了。

朱公道："我早让乌姑娘带着上百蒙古神射手将寨子围了，你们谁敢乱动一下，身上可就要添些红花儿了。"

众獠人看这竹楼四面透风，也无处躲避，外边又是树木葱郁，实在不知敌人身在何处，都不敢轻举妄动。

杜捕头道："蓝姑娘，既然我们已经勘破你的手段，现在你该说说，为何要与我们作对？"

蓝莺道："实不相瞒，我们有意与朱公结亲，只是想试试大人才智如何，才出此下策。"

文明等人听了刚要松口气，朱公却突然正色道："不对，你们这不是玩笑，而是另有所图。你们撕去沈大人的书页，又冒充商人开文书，还有那破除飞头蛮的符咒、假人背后的留言，这几件事看似无关，其实一切都是另有所图！"说罢巡视一周，厉声喝道，"你们想要官印！"

文明疑惑道："大人，想要官印的话，根据告示上的图样，自己刻一个，想必不是很难，为何还要如此大费周章？"

朱公道："告示都是贴在人多的地方，如果当众揭下，想必会引人怀疑。可是他们不谙汉文，若记在心中，回家再去刻章，文字极容易有偏差，尺寸也难以一致，因此必须仔细描摹才行。他们本来想在沈大人屋内找到官印，可是没找到，看到一本书上盖了印，便匆匆撕下。回寨后，自然有认识汉字的人告诉他们，书页上的印只是私印。于是他们又想设计，让我在城外贴告示，想借机取得官印图样，可我并未听从。于是他们又扮成商人想要在文书上盖印，也未能得逞，反而让我发现，其中有些白包上的汉字，写得极其不熟练。这便奇怪了，文具商整日与文人打交道，无论如何也得写出一笔过得去的字。"

蓝莺问道："朱大人说笑了，我们要那印干什么？"

朱公道："你们要伪造官府文书，把大牢中的马正龙提出来，好带到你们这里，处以私刑！"

蓝莺见朱公摊牌，咬牙道："不错，马正龙为了争夺魔蛊，杀了我们多名乡人，如今只判了个斩首，太便宜他了！没奈何官府不接受我们请愿，按照我们的规矩，要将他投入毒虫坑中，让毒虫生啖其肉！"说着，手指堂上供着的四行牌位，眼泪扑簌簌掉下来。敖将等其他獠人也附和不已。

朱公道："乡里有乡规，国家也有国法，马正龙罪孽深重，本官可以上奏请求严惩。可你们如此搅闹官府，也是违法！"

敖将上前道："大人，此事都是小人主使的，只因俺会各样乐器，也会口技。此番甘愿受罚，大人要杀要剐，小人绝不皱眉。"

朱公道："若说你们最大的罪孽，便是吓杀了沈大人，但你们是误杀，罪不至死，只会判个刺配。另外蓝莺也是主使之一，革除巫女名号，本寨从此不可行巫蛊之事。"说着又拿出一张黄纸符，上面盖着官印，就着火盆点着了，丢入魔蛊内，对众人言，"如此一来，便破了魔蛊法术，从此这只是个普通酒蛊。"

敖将心悦诚服，愿随朱公回衙。蓝莺只是瘫坐在地上不动。

几人出了寨子，乌斯哈拉戴着草帽，低头掩着脖颈上的伤痕，早与几个衙役在大路上等候，见了朱公来，便笑道："大人如何不抓那个獠人女子？"

朱公略一思索，道："你之前说，她眼角中有妖气，但是正眼似乎没有，也就是说，她正面和侧面，完全不像是同一个人？"

乌斯哈拉回忆道："至少气质不像。"

朱公道："所以，我不抓蓝莺，因为蓝莺这人，其实根本不存在。"

文明连忙问道："大人这是何意？难道我们都见鬼了？"

朱公道："根据姑婆所言，巫女是不能成婚的，因此她为了能享男女之情，便假装是双生子，以两个身份见人：蓝鹃就是一个普通人，而蓝莺则是所谓的巫女。

这一点，除了姑婆和敖将，寨子里的其他人并不知晓。敖将，你说是也不是？"

敖将脸上一红，问道："大人是如何做出此番推断的？"

朱公道："马正龙杀了二十三名獠人，可是牌位有整整齐齐四行，多出来一个，我便猜测是你们心知肚明，蓝鹃因牵扯沈大人之死，不可能再出现，所以把她的牌位也一并放上去。只是这样一来，蓝姑娘只能以巫女的身份见人，可就真要孤独终老了，于是本官才拿了拿官威，革除巫女名号。"

杜捕头突然明白："怪不得，朱大人之前一直说，好像他们没那么坏。"

朱公道："他们本来也只会装神弄鬼，不擅长打斗，否则怎么会被马正龙杀伤那么多人？再说，刚才看蓝莺满面愧色，恐怕害得我断手，是他们做过的最大恶事了。"

师爷接着道："至于沈大人，这几天我们翻了账簿，他本来就搜刮民财，也是死罪，看来是天理昭彰，报应不爽。"

仵作一听，便学起朱公的口气，正色道："咱们公门中人，可不能整天谈什么怪力乱神、报应循环。鬼怪常有，都在人心。"

众人相顾大笑。有道是"五感常有造假，悲喜却都成真"，就连那敖将，想起将来的美事，也不由得跟着朱公几人，欢畅起来。

作者简介

　　广思，心理学硕士，职业心理师，中国心理人才库入库专家，中国科普作家协会成员。推理小说代表作《朱公案》。

　　另著有《心理师手记》《心理学简史 100 年》《心理学演义》《证据去哪儿了》等。

图书在版编目（CIP）数据

奇物志 / 眠眠等著 . -- 北京 : 北京联合出版公司，
2025. 1. -- ISBN 978-7-5596-8051-8

Ⅰ . I247.7

中国国家版本馆 CIP 数据核字第 2024E85G02 号

- -

奇物志

作　　者：眠　眠　青　稞　广　思　皇帝陛下的玉米
出 品 人：赵红仕
策划监制：王晨曦
责任编辑：牛炜征
特约编辑：华斯比
美术编辑：陈雪莲
营销支持：沈贤亭

- -

北京联合出版公司出版
（北京市西城区德外大街 83 号楼 9 层　100088）
北京联合天畅文化传播公司发行
上海盛通时代印刷有限公司印刷　新华书店经销
字数 97 千字　787 毫米 ×1092 毫米　1/32　7 印张
2025 年 1 月第 1 版　2025 年 1 月第 1 次印刷
ISBN 978-7-5596-8051-8
定价：39.80 元

- -